転生吸血鬼さんはお昼寝がしたい

3

A transmigration vampire would like to take a nap.

前巻までのあらすじ

A transmigration vampire would like to take a nap.

若くして命を落とした名家の少年・玖音《くおん》銀士《ぎんじ》。

彼は、異世界で絶世の美少女、しかも日の下を歩く《デイウォーカー》吸血鬼《ヴァンパイア》・アルジェとして転生する。

剣と魔法が飛び交い、魔物もいる異世界。

そこで最大級の力を得たアルジェが求めるのは……「三食昼寝おやつ付きで養って貰う生活」!?

のんびりお昼寝できる理想郷を目指しながらも、彼女は次々と困っている人々を助けてゆく。

盲目の美女・フェルノートさんの視力を回復させたり、港町を怪物の手から救ったり、森を侵略者から助けたり。

狐少女のクズハちゃんと出会い、彼女を仇の罠から助け出したり。

クズハちゃんと一緒にハクエンの群れを助けたり、温泉街を救ったり。

のんびり（?）旅する中で出会った吸血鬼の少女サツキとアイリス。

アルジェは、彼女たちの故郷、どこか日本に似た共和国の首都へと招かれたのだった。

アルジェント

転生した吸血鬼の美少女。
半分寝ながら今日もごろごろ。

フェルノート

元騎士。視力を失っていたが
アルジェに救われる。

クズハ

狐系獣人の少女。
幼くして母親を失った。

サツキ

吸血鬼。巨大な和傘を
持ち歩いている。

アイリス

吸血鬼。
普段は棺の中にいる。

目次

73 花と檻と……012
74 花の都へ……018
75 五月色喫茶店……023
76 ひとまずの行き先……030
77 商業ギルド……036
78 事案発生……043
79 岩の壁、水の音、立派な角……053
80 ヨッバ議会……059
81 蜜の村レンシア……066
82 害獣駆除の日中……073
83 暗躍の深夜……082
84 絡み酒の先輩……088
登場人物 サツキ、アイリス……093
85 訪問者の頼みごと……099
86 金色……106
87 深夜の求婚……114
88 金と銀……123
89 吸血するということ……133
90 元騎士の心……142

91 立ち向かうもの …… 156
92 銀と金 …… 164
93 行商人と狐娘 …… 174
94 お偉いさんは面倒くさがる …… 180
95 吸血姫は諦めない …… 184
登場人物 アルジェント、ゼノ、エルシィ …… 188
96 流れる夢のように …… 198
97 これからのことを …… 204
98 恩を返すということ …… 212
99 お嬢様のお食事 …… 221
100 桜の匂いを置いて …… 227
書き下ろし1 吸血鬼さんは働きたくない …… 233
書き下ろし2 喫茶店は戦場 …… 237
書き下ろし3 元騎士の来店 …… 244
書き下ろし4 狐娘VS.元騎士 …… 253
書き下ろし5 騒がしいけれど、あたたかい場所 …… 259

73　花と檻と

意識はゆるくたゆたうようで、それだけでここが夢の中だと認識する。

……またですか。

異世界に転生してから、昔のことを夢として見ることが多くなった。

夢というのは眠りが深いと見られないらしいので、転生してから眠りが浅いということだろうか。

それとも、吸血鬼は夢見が良いだけかな？

夢だということは分かっているので、目の前の景色に驚くようなことはない。

あらゆるものがふつうに存在して、しかし外界とは隔絶された部屋。

鉄の格子の向こう側には決して足を踏み入れることはできず、ただ、ここでだけ息をすることが許された存在。それがあの頃の僕だ。

ひどく懐かしい空気を感じながら、夢の中の僕が見ているものと同じものを見る。

「嫌ですね。そんなに見ないでくださいな」

「貴女は僕を見ているのに、ですか？」

「生者が死人を見つめるのは感情を伴う美しい行為ですが、死者が生者を見つめるのはおぞましいことではないですか。先祖でもあるまいし」

「はあ。そうですか」

僕の言葉も相手の言葉も、予《あらかじ》め決まっている。これは既に過ぎ去った過去のことだからだ。

鉄格子の向こう側にいる生者は、玖音の家で生きることを許されるだけの実績と力を持った存在。名前は、玖音青葉《くおんあおば》さん。

記憶の中で彼女が着ているのは、極彩と言ってもいいほどに絢爛《けんらん》な和服だ。色とりどりの花が描かれた振袖で、もはや何色が基調なのか分からないほどに、目が痛くなる艶《あで》やかさ。

そんな和服を着た彼女は、花畑の中で佇んでいるような雰囲気をまとっている。

黒髪に挿したかんざしに付いたふたつの鈴をちりちりと擦るように鳴らして、彼女はその手に持った花に、刃を添えた。

細い指が動くたび、刃がいらないものを落としていく。そうして不要なものを削がれた花たちは、彼女にとってあるべき位置へと置かれ、やがてひとつの作品となる。

僕の目にはただ綺麗だとしか映らないけれど、きっとそれは誰もがありがたがるようなものなのだろう。

完成した作品を彼女は脇に置き、微笑んだ。

「どうですか。私の芸術をひとりに対して見せるなんて、なかなか無いものですよ？」

「僕には花の道のことは分かりません。それに僕は死人ですから、ふつう感想を口にはしないと思います」

「然り、ですね」

くすくすと笑う彼女の瞳に、嫌味はない。不思議な人だ。

ここに来る人たちの多くは、僕を蔑むように見る。こうはなりたくないと確認しては、帰っていく。

ここに来る人たちの少数は、僕を憐れむように見る。こうなってしまったことに何故か僕よりも心を痛めて、やはり帰っていく。

彼女はそのどちらでもない。少数派以下の極少だ。

気まぐれなのかなんなのか、僕の牢屋に何度もこうして訪れて、花を活けては帰っていく。

完成した作品は、枯れる前に片付けられる。それすらもきっと青葉さんの指示なのだろう。

「では死者として、なにか言うことはありますか？」

「……もう少し、派手じゃない方が好みです。桜とか、そういうものの方が」

僕が口にしたことは本心だ。不興を買うかとは思ったけど、気にしなかった。相手が言えと、そう言ったのだから。

鉄格子の向こうにある作品は派手で、彼女が着ている服のように絢爛ではある。華やかで人目を引いて、美しい。夢の中にあってなお、それは輝いて見えた。

僕はその道に詳しくはないから、どんな花が使われているのかは分からない。それでも青葉さんの作品が凄いことは分かる。

そうでなければ玖音の家の人間とは名乗れないし、やはり知識がなくても一目で良いものだとは分かるのだ。

ただ、僕の好みとは少し外れているだけで。

「ふふ。そうですか」

相手の反応は思ったのとは逆。怒るどころか、笑ったのだ。

鈴の音《ね》とともに転がるように笑い声をこぼして、彼女は鉄格子へと近寄ってくる。

「青葉さん？」

「もう少し近くに」

「分かりました」

拒否権がないわけではないけど、拒否する理由もない。僕は鉄格子に近寄った。

もしもここで近付かなければどうなるのかと少し考えたのは、夢を見ている僕だ。

夢の中の僕は勝手に動くし、そもそもこれはもう終わったこと。現実と違ったことをしても、それで現実が変わるわけじゃない。

だからこの後のことは分かっている。彼女が鉄格子の向こうから僕の手を取って、どうするのかは。

静かな部屋に、小さな音が響く。舌を打つような、触れ合いの音色。

驚きはない。二度目なのだ。ただこの時の僕は少し驚いて、その証拠として景色が開かれた。目を見開いたからだ。

「意外と味はするものですね」

「死人にくちづける趣味があるとは思いませんでした」

「そこにいる限り、死にきってはいませんよ」

「はあ、そうですか」

「……経験は、おありですか？」

「少なくとも覚えている限り、したこともされたこともありませんね」

「ふふ。それはよかった」

さっきまでこちらを死人だと言っていたかと思えば、唐突に生者のように扱い始める。

この人の考えは、分からない。記憶《ゆめ》で何度再会しても、分からない気がする。

ただ、感情の意味は分からなくても、その表情がどんな感情から来るものかは分かる。このときの相手の表情から見えたのは、喜びだ。花開くように笑ったのだから。

「貴方はまるで蕾《つぼみ》のようですね」

「そうですか？」

「ええ……どんな花が咲くのかしら」

「咲く前に、枯れてしまいましたよ」

「いいえ。雪の下にある花の蕾のように、きっと咲くことができますとも。ここではない、どこかなら」

体温が離れて、彼女が立ち上がる。

言葉の意味や、こめられた感情の意図は、やっぱり僕には分からない。この時の僕にも、今こうして過去の焼き直しを見ている僕にもだ。

「貴方が咲くのを、見てみたいものです」

「無理だと思います。ここから出るなんて、できないので」

「ええ、ええ。ですが、世界が季節のように移り変わることもありましょう。……そろそろ貴方の給餌係が来る頃ですね。なんといいましたか、あの、小さな子」

「流子ちゃんです。水城流子《みずしろりゅうこ》」

「ああ、そんな名前でした。いい気分に水を差される前に、失礼しますね」

「そうですか。さよなら、青葉さん」

「……また来ますね」

「ご自由に」

なにがそんなに嬉しいのか、彼女は笑みを深くした。

「桜はそう簡単に切ったりはできませぬゆえ、いつかお花見でもしましょう」

「はあ、そうですね。機会があれば」

そんな日は永遠に来ない。そう思いつつも、僕は彼女にそう返答した。

花が散るように世界がこぼれて、意識が浮かんでいく。夢の終わりが近い。

最後に見えた彼女の微笑みは、ほんのり桜色。あの顔にこもる感情は、なんだろうか。

薄く湿った手の甲と、淡い温もり。残り香のような感覚が遠ざかる。

あの言葉は彼女にとって、約束だったのだろうか。

そんな疑問ごと、僕の意識は浮かんでいった。

74 花の都へ

「……ん」

瞳を開けると、桜の匂いがした。

くすぐったさに手を伸ばすと、指先に触れたのは花びら。寝ているうちに、顔に乗っていたらしい。

薄く開けていた窓から桜を逃がして、溜め息を吐く。古い夢を見たのは、匂いのせいだろうか。

「おはようございますわ、アルジェさん」

「ええ、おはようございます、クズハちゃん」

隣で狐耳をぴょこんと揺らすクズハちゃんに挨拶を返して、窓を大きく開け、外を見る。馬車の揺れによってぶれる景色はのどかで、晴れ模様だ。

風が草花を揺らすのを一通り眺めて、今度は車内を見た。

今、僕たちが乗っているのはサツキさんが手配してくれた馬車。ゼノくんの馬車とは違ってきちんと人を乗せて運ぶためのものなので、造りは豪華で、快適だ。揺れはあるものの、それほど気にはならない。

ちゃんとした屋根があり、座っているのもソファに似たふかふかの座席。対面にはサツキさんがいる。棺桶は「中身」ごと荷物として預けられているので、彼女は身軽な状態だ。

「あまり開けないでくださいね。サツキちゃん、直射日光には弱いので」

「すいません」

「いえいえ、気をつけてくれればそれで。そろそろサクラノミヤも近いですから、景色を見ておくのはいいと思いますよ」

サツキさんはそう微笑んで、赤い髪飾りを揺らす。

相変わらず和服を着崩していて胸がこぼれそうだけど、気にした様子はない。恥じらい以前に直射日光がダメなら、肌を晒すのは控えるべきだと思うんだけど。

直射日光でない限り平気というのは吸血鬼としてはかなり日光に強い方なのだろうけど、それでも本人が明言するくらいには、日に当たるのは危険な身体なのだから。

とはいえ、格好は個人の趣味だ。和服を着崩すというのは本来ならだらしないものだけど、この人の場合は妙に妖艶で、似合っている。

本人が言うには胸が苦しいから着崩しているらしいので、快適さを求めた結果なのだからありだろう。視線が集まることは気にしていないようだし。

「お昼頃には到着しますから、まずはうちで食事にしましょうか」

「サツキさんの家、ですか？」

「ええ。家であり、職場ですね」

「サツキさんって、どんなお仕事をされてるんですの？」

「ええ、喫茶店を営んでおります」

喫茶店、と言われてまず、僕たちはサツキさんを見た。

着崩されてはいるけど、和服だ。緑色で派手ではないけれど、出るところがしっかりと出ている身体のせいか、どこか魅惑的にも見える。

夢の中で見た青葉さんの和服がそれだけで艶やかだったのに対して、サツキさんの方は彼女自身の身体や雰囲気込みでの妖艶さだ。

長い黒髪と、それを飾る花の髪飾り。かんざしではないけれど、黒髪と花という取り合わせは、やはり和を強く感じさせる。

話してみると邪気がなく、落ち着きがないと思えるような言動も多い。ただ、そうして静かに佇んでいると「妖艶な和服美人」というのがぴったり来る見た目だ。

これで化粧が派手で髪飾りではなくかんざしでも挿していれば、遊女で通りそうなほどに。

「……茶屋ではないんですの？」

思った疑問を口にしてくれたのは、クズハちゃん。

茶屋と喫茶店は意味としてはたぶんあまり変わらない。どちらも一息ついたり、軽食を摂る場所だ。

ただ喫茶店というと洋風で、茶屋というと和風のイメージがある。細かいことのようにも思えるけど、流れとして今相応《ふさわ》しいのはクズハちゃんの言うように、茶屋だと思う。

「いやいやいや、共和国に茶屋なんて山ほどあるじゃないですか。うちは元祖喫茶店。共和国に初めて、ケーキやパフェ文化を持ち込んだ開祖ですよ！」

サツキさんは大げさに手を振った上で、大きすぎる胸をふんっ、と張った。

この異世界で、ケーキやパフェというのがどこ発祥となるのかは分からないけど、共和国でそれを始めたのは彼女が初らしい。

……ありえない話ではないですね。

吸血鬼の寿命がどれくらいかは知らないけど、たぶん人間より相当長いだろう。僕の前世、つまり別の世界からのイメージでしかないけど、吸血鬼というのはあまり年を取らないものだ。

サツキさんが何歳かは聞いたことがないので謎だけど、見た目通りの年齢ではないように思う。今のは自己申告だけど言ったことは、本当なのだろう。

「あの、サツキさん何歳なんですの……?」

「永遠の十七歳です……!」

親指をびしっと上げていい顔をするサツキさんのテンションは確かに十代な感じもする。まあ今のはさすがに嘘だろうけど。

「ちなみにアイリスちゃんは６８７歳ですよ」

「え!? アイリスさんって母様より３００歳以上も年上なんですの!?」

「ふたりとも、本人がいないところでひどいこと言ってません?」

女性の年齢系話題はアウトのような気がするけど、女同士ならありなんだろうか。そのわりにはサツキさん、自分の年齢は濁したようだけど。

精神的には男なので、そういうのは分からない。馬車の中で咲くガールズトークにやりづらいものを感じながら、僕はもう一度外を見た。

窓から見える景色には桜だけでなく、色とりどりの花たちがいる。

ここは異世界だけど、桜はある。ならばこの窓から見えているあの花たちも、やはり僕の世界にもある花なのだろうか。

記憶の中、きっとまだあの世界にいる彼女ならそういうことが分かるはずだけど、僕にはさっぱりだった。

盛り上がるサツキさんとクズハちゃんを放置して、僕は瞳を閉じる。

お昼寝してる間に街にはつくだろう。もう少しだけ、眠ることにした。

75　五月色喫茶店

サクラノミヤに入ることは、結構簡単だった。というか起きたらもう、中に入っていた。

共和国の首都なのだから、ふつうは手荷物検査とかあるんじゃないかと疑問に思ったけど、クズハちゃんが言うには、

「サツキさんが馬車の中から手を振ったらそれだけで終わりましたわ」

だそうだ。ほんとにただの喫茶店の店長なんだろうか。

「さあ、つきましたよ！」

そのサツキさんは今、棺桶を背負って和傘を差したいつものスタイル。

当然、棺桶の中にはアイリスさんが入っている。棺の名前は『巡り花護《かご》』というらしい。

名前からして、やはり魔具《アーティファクト》なのだろう。効果は知らないけれど、少なくとも日除けとして使わ

れているのは間違いない。

「……確かにこれは、喫茶店、ですね」

馬車を降りてすぐ、その建物はあった。

西洋風の、洋館と言えるような風情の建物。周囲は木造平屋が多いので、ひどく目立つ。

居住スペースも兼ねているためだろうが、かなり大きい。サイズ的にもデザイン的にも、周囲から浮いている。ある意味、景観を損ねていると言ってもいいくらいに。

ただ、サツキさんのお店だけがそういうわけじゃない。ここまでで馬車の中から見た感じ、王国で見たような煉瓦造りの家などもわりとあった。

やはり、異世界。完全に和風ではないようだ。

当たり前か。看板に書いてある文字も、意味は分かるけど日本語じゃないし。

喫茶店メイ。そう書かれた大きな看板をサツキさんは愛おしそうに撫でて、こちらに手招きをする。

「サツキさん。ネグセオーはどこに？」

「看板にでも繋いでおいてあげてくださいな」

「分かりました。それじゃあネグセオー、また後で」

「ああ。行ってくるといい」

ネグセオーを残して、クズハちゃんとふたり、サツキさんに続いてお店のドアをくぐった。

からころと小気味のいいドアベルが鳴り、来訪を店内に知らせる。

「わ……」

「これは……雰囲気がありますね」

中に広がっていたのは、整った空間だった。

全体としては、やはり洋風。テーブルや床などは古い木々の香りが尊重された、深い色合い。使い込まれて、けれど廃《すた》れてはいないテーブルの上にはランタンやマッチ箱が置かれている。

壁に設けられたインテリアとしての暖炉や棚なども合わさって、どこか温かみのある雰囲気だ。

棚には木彫の鳥や人形が遊ぶように鎮座していた。童謡にでも出てきそうな大きなのっぽの古時計が、かちこちと振り子を揺らして時間を小刻みに伝えている。

「ただいま戻りましたよ！」

サツキさんの元気な声は、響くというより、吸い込まれるようにして店内に沁《し》みた。

言葉に返ってきたのは声ではなく、音。ぱたぱたという、うるさくは無いけど落ち着いてはいない足音だ。

店の奥、おそらくは居住スペースの方から飛び出すように現れたのは、黒髪に一束だけ白の色を交ぜた女性。

背は高い方だけど、サツキさんと比べるとさすがに低めで、線が細い。特に、失礼かもしれないけど胸がかなり平べったい。

周囲のシックな雰囲気に似合う、落ち着いた色合いをしたフリル付きスカートは、従業員の制服だろう。それを揺らして、女性はサツキさんの胸に飛び込んだ。

「お姉様、お帰りなさぁい！」

「おおう、フミちゃん！　元気にしてましたか!?」

「はぁい！　ゆっくり休ませて頂いてましたぁ！」

親密そうに抱き合って、ふたりはくるくると回る。

サツキさんが振り回してそれに甘えるような、ダイナミックな触れ合いだ。

「柔らかそうですわね……」

わりと強めに相手がぶつかったのに、激突の衝撃はほとんど無いようだった。サツキさんがそれくらいに柔らかいクッションを備えていると、そういうことだ。主に胸とか胸とか胸とか。

……凄いんですよね。

『桜湯《おうとう》の庭』にいる間、何度か埋められた。

それは毎度サツキさんからの抱きしめによるものだったのだけど、そのたびに顔が完全に沈んでしまうほど、物理的な包容力が凄い胸だった。

鼻も口も塞がるので反射的に押し返そうとすると、押す力を込めた指が埋まるほどなのだ。

クッションというより、沼のような感じ。ずっと埋まっているとたぶん、多くの人がダメになる気がする。実際今、目の前で抱きしめられている人は恍惚とした顔で、

「あぁ、久しぶりのお姉様のおっぱいぃ……」

「あ、そうそう。お客さんがいるんですよ」

「はうん!?」

ふとこちらの存在を思い出したサツキさんが、相手を手放した。振り回されていた勢いを抑えていた腕がなくなったことで、相手は軽く滞空した上ですっ転ぶ。ヘッドスライディングの逆再生みたいになっていた。

大丈夫かなと思ったけど、相手は強打した顎《あご》を撫でながら起き上がったので、無事のようだ。狙ったようにテーブルや椅子にも当たらなかったので、物損もない。

フミちゃんと呼ばれていた相手は、涙目を拭ってこちらを見た。瞳は金色なので、彼女は吸血鬼ではないらしい。

「あらぁ、かわいいお客さんですねぇ……初めましてぇ。フミツキ・イチノセよぉ」

「アルジェント・ヴァンピールです」

「クズハと申しますわ」

イチノセ、と名乗られたことに少し驚いた。サツキさんとアイリスさんと同じ名前で、でも、相手は吸血鬼ではないからだ。

ただ、それを言うならサツキさんとアイリスさんだって、たぶん姉妹や親子ではない。

イチノセというのが家族的な繋がりを意味してつけられているのなら、フミツキさんがそう名乗ったことはおかしなことではないので、気にしないことにした。

喋《しゃべ》り方は間延びしたものでクロムさんにも似ているけれど、あの人とは違って粘っこくはなく、柔らかい印象だ。

「シノくんとクロちゃんはどうしました？」

「あのふたりなら休みなので、遊びに行きましたよぉ。フミはそろそろお姉様とアーちゃんが帰ってくるかなぁと思って、ここで待ってましたぁ」

「そうですか、フミちゃんはいい子ですね。そんなフミちゃんには、お姉さんがたくさんお土産をあげちゃいましょう！」

サツキさんがおっぱいの谷間からずるずるといろんなものを取り出すけど、あれは僕と同じブラッドボックスを使っているだけだ。谷間に手を突っ込むのは本人曰く「演出」らしい。

種が分かると芸として見られるけれど、それでも自分の手が挟まれて埋まるほどに大きいというのはとんでもないボリュームだと思う。

一通りフミツキさんにお土産を渡すと、サツキさんはこちらに振り返って、

「では、ちょっと奥でアイリスちゃんを解放してきますね」

「解放、ですの？」

「お店の奥、居住区やキッチンには日光が届かない造りになっているんですよ。アイリスちゃんを出してからお昼の用意をしますから、少し待っていてくださいな」

ひらひらと手を振って、サツキさんがお店の奥へと消えていく。

ぼぉんと古い時計が鳴り、店内に吸い込まれて消える。そんな軽い間とも言える時間を挟んで、フミツキさんがスカートを翻《ひるがえ》した。

慣れた動作でのお辞儀は堂々としていて、しかし飾らない。満面ではなく微笑みで僕らを迎えるのは、このお店の雰囲気に合わせているのだろう。

「それじゃ、席にご案内するわねぇ。メイへようこそぉ♪」

76 ひとまずの行き先

「……ほんとに喫茶店なんですね」

「むむ、アルジェちゃんってば疑ってたんですか?」

「お姉様の格好を見ると、たぶんほとんどの人は喫茶店よりお茶屋さんを思い浮かべますからねぇ」

従業員さんの言う通りすぎるので、それ以上はなにも言わずにスプーンを動かした。

半熟の卵が乗ったチキンライスの山。いわゆるオムライスだ。その一角を切るようにしてすくい、口に運ぶ。

……あ、美味しい。

チキンライスの味付けはしっかりとしていて、ベタついていない。玉ねぎやピーマンは食感がよく、存在を主張し過ぎないくらいの大きさ。

卵は甘く、バターの香りとともにチキンライスを見た目通りに包み込んでいる。

ケチャップの赤で「ここでボケて」と共和国語らしき言葉で書いてあることを除けば、完璧なオムライスだった。ここでってどこでですか。

「美味しいですわ！」

驚きつつも静かに食べる僕とは逆に、クズハちゃんは見るからに美味しそうにオムライスを頬張っていた。

狐というよりはハムスターのようにほっぺを膨らませ、瞳が輝いている。子供ってオムライス好きだよね。

ただ、心が躍っているのは僕の方も同じだ。王国ではパン食らしく、お米は出なかった。

味付けがしてあっても、食感や噛むことで湧いてくる甘みは間違いなくお米のもの。クズハちゃんほどではないにしろ、自然と食が進む。

サツキさんは僕らふたりを交互に眺めて、嬉しそうに微笑んでいた。

サツキさんは体格のわりにあまり食べない。黄金色の山の大きさは僕たちのものよりも一回り小さく、それすらも半分ほど、クズハちゃんに渡してしまっている。

「気持ちよく食べてくれると嬉しいですねぇ。アルジェちゃんも、気に入ってくれてますか？」

「ええ。美味しいです」

喫茶店と名乗るだけあって、その味は非の打ち所がないものだ。ケチャップの文字だけはちょっと変だけど。

「そうでしょうそうでしょう。なんせ腕によりをかけて作ってますからね……アイリスちゃんが！」

「え、サツキさんが作ったのではないんですの!?」

「お店で出す料理はアイリスちゃんが作るんですよ。私はまかないというか、普段の食事と、お店のお菓子担当です」

「あ、そうなんですの……」

話の流れ的にオムライスがサツキさんのお手製だと思っていたらしいクズハちゃんが、微妙な顔をした。

確かにケチャップで書かれた文字が明らかな悪ふざけなのはサツキさんっぽくはあるけど、アイリスさんもわりとこんな感じだ。こういうところだけは、ふたりは妙に似通っている。息が合うということか。

フミツキさんはサツキさんに対して微妙に半眼を向けたけど、スルーしてスプーンを動かしている。いつものことなのだろう。

アイリスさんは姿を現さないけど、彼女は一般的な吸血鬼。日光を避けるために、食事は奥で摂っているはずだ。

「さて、フミちゃん。私は明日の仕込みをしますので、ちょっとこれを商業ギルドまで届けてきてもらえますか？」

食事が終わり、フミツキさんの手で食器が片付けられた後で、サツキさんは胸の谷間から数枚の紙束を取り出した。

こちらからは内容は見えない。受け取ったフミツキさんは軽く目を通して、

「街道の修繕依頼ですかぁ」

「ええ。ここからサクラザカまでの行き帰り、馬車に乗っていて気になったところをいくつか」

「マメですねぇ、お姉様ぁ」

「道がちゃんとしている方が、行商人さんたちが快適ですからね。彼らのお陰で、材料の仕入れができているわけですから。頼めますか、フミちゃん？」

「はぁい、お任せくださぁい」

フミツキさんはサツキさんと比べるとひどく格差のある胸を力強く叩くと、店の奥へと歩いていく。外出の準備を整えるのだろう。

今の会話で少し気になることがあったので、もう少し掘り下げてもらおう。そう考えて、僕はサ

ツキさんに話しかける。

「あの、商業ギルドってなんですか？」

「行商人たちの多くが登録している組合組織ですよ。彼らは国や村を渡って商売をしますから危険が多く、情報共有するための集まりがあるんです」

「……それ、僕もついていっても良いですか？」

思い出すのは、僕がこの世界に来て最初にお世話になった人のこと。

ゼノ・コトブキくん。転生したばかりの僕をアルレシャまで運び、その間の食事や、衣服と路銀までお世話してくれた人だ。

いつか返せるならば返すと約束した恩。また会えるかどうかが分からないのでどうしたものかと思っていたけど、そういう組織があるならゼノくんも登録している可能性は高い。行ってみる価値はある。

「いいんじゃないですかね。フミちゃんなら案内してくれるでしょう」

「分かりました。頼んでみます」

「あの、アルジェさん？　なんのご用ですの？」

「少し、恩返ししたい人がいて。行商人らしいので、そこに行けば行方が分かるかなと」

「それは大切なことですわね。私もお供いたしますわ」

クズハちゃんには関係のないことなのだけど、どうもついてくる気満々のようだ。

騒がしいけど悪い子ではないので、問題ないかな。僕自身、ここまで彼女とずっと一緒なので、ついてくることが自然のように感じ始めているし。

「サツキさん。ネグセオーのことをお願いできますか？　ご飯のことも含めて、お金は払いますから」

「いえ、構いませんよ。ご飯も私が誘ったわけですし、お代は結構です」

「いえ、でも」

「いいんです！　言っておきますけど、サツキちゃんはこうなったらテコでもお金を受け取りませんよ！　我慢比べには自信あります、さあお金を払うのをやめるか、私の膝でお金を払いたくなくなるまでギュー〜ってされるか選びなさい、さあ！」

「あ、じゃあ遠慮無く」

「ええ!?　もう少し引っ張ってくださいよ!?」

これも恩になるような気もするけど、この人の場合はこっちに相手されてるだけで喜ぶので有りのような気もする。

ただ、相手をしているとどんどん面倒くさくなりそうなのでほどほどにしておいた。相手は凄く不服そうだけど、だって面倒なんだもん。

そういう意味では不思議な人だ。自然とこちらになにかして、なにも返されないことを、相手に負担だと思わせないのだから。

「よろしくお願いします、サツキさん」

フミツキさんが案内してくれるのかどうかは別として、僕はもう、そこへ行く気になっている。案内されなくても、ひとりで場所を探すつもりだ。

いつか返すと交わした約束。それを果たしておかないと、いつまでもそのことを考え続けなければならない。

たとえ彼から与えられた服や装飾品が、もう失われてしまっているとしても。

「恩人さんにうまく会えるといいですわね」

「そうですね」

その恩人からの貰《もら》い物を台無しにした張本人はこの子なのだけど、本人に悪気はなかったのだから、それは言わないでおくことにした。

早く恩返しを済ませて、お昼寝がしたいな。

77　商業ギルド

商業ギルドへの案内を、フミツキさんは快く引き受けてくれた。

「ひとりで歩くよりは連れがいる方が楽しいものぉ」

どうもこの喫茶店の人たちは、基本ノリがいいというか、人好きな感じだ。

商業ギルドへの道すがら、ぼうっと町を眺めながら歩いてみると、馬車の中よりもいろんなことが分かる。

あちこちに花が植えられているだとか、行き交う人たちにデミ・ヒューマンが多いことなどだ。

さすがに昼間なので僕みたいな吸血鬼はまずいないだろうけど、それでもアルレシャと比べるとかなり人間以外の種族が多い。

共和国は元々たくさんの国が寄り集まってできたらしく、観光に訪れる人も多いというので、その関係だろうか。

「失礼するわぁ」

体感で数十分ほど歩いていくと、商業ギルドに到着した。

フミツキさんは堂々とした態度で建物の戸を開ける。建物は和式で、引き戸だ。

彼女に続いて中に入ると、即座にたくさんの視線に射抜かれた。

……値踏みの目ですね。

表面上は誰もが、ただ入ってきた人間を反射的に見たような視線の動きで僕たちを見た。そう、表面上は。

こうも視線が重なれば、その気がなくても理解はできる。

注がれているのは、価値を見定める目だ。玖音の家でもたびたび浴《あ》びた、見透かしの視線。

「…………」

「アルジェさん、どうかしましたの？」

「なんでもありませんよ」

昔の夢を見たばかりなこともあって、懐かしく思ってしまった。

アイリスさんが他人を見定めるのとは、少し違う。

あの人はこちらを真っ直ぐに見て、それでどうしようかというところまで隠さなかった。見定めているぞと態度で宣言して、自分も見せてきた。青葉さんに、少し似ていたかもしれない。

ここの人たちは、そういうところを大っぴらには見せてこない。ただ数が多いのと、幾人か視線が荒い人がいるから分かってしまう。

不愉快とは思わない。見られたところで僕の価値がないことは分かりきっているからだ。見定めたところで、僕は転生前となにも変わらない。女の子になって、前とは種族が違っていても、ぐうたらのまま。

クズハちゃんは視線に気付いていない。というより、自分の方があちこちを見るのに忙しそうだ。僕からは離れず、けれど興味深そうに尻尾を揺らして周囲に目線を送っている。

「こっちよぉ」

フミツキさんに案内されて、奥へと向かう。

蕎麦屋さんとかお寿司屋さんのようなカウンター席。数人が座って談笑している向こう側に、男の人がいた。

くせがあるたっぷりの金髪と、口周りには髪と同じ色のヒゲ。瞳はブルー。

とても商人とは思えないくらい筋骨隆々とした身体つきで、服装は和服。アメリカ人がヤクザの親分を真似しているような、ちょっと変な見た目だ。

「フミツキさんかい」

女の人としては背の高いフミツキさんと向かい合っても、相当大きい。二メートル近くはあるんじゃないだろうか。

厳《いか》めしいというか彫りの深い顔なので、かなりの威圧感がある。

フミツキさんはそんな相手に対して怖気づくようなことはなく、ひとつ頷いて、懐から紙束を取り出した。

「お姉様からよぉ」

「そうか。受け取っておこう」

名前を出すだけで中身を改めることすらなく受け取られるあたり、サツキさんが信頼されているということか。

本当にあの人、何者なんだろう。吸血鬼であることを考えると長生きのはずだから、顔は広そうだけど。

「そっちは？」

「お姉様からの紹介よぉ。用事があるらしいわぁ」

「はじめまして。ええと……ゆるふわマッチョさん」

「ゆるふわマッチョ!?」

「あ、ガチムチゆるふわの方が良かったですか？」

「どっちも嬉しくねぇ!?」

「柔らかいのか硬いのか判別しにくいニックネームねぇ……」

髪の毛がゆるふわの金髪で、身体はムキムキだからぴったりだと思ったのだけど、本人にはウケが悪かったようだ。周りの人は顔を押さえてプルプルしているので、ややウケかな？

「……俺はシシザキ・キリギリだ。商業ギルドの受付をやっている。なんの用だ、お嬢さん」

「ええと。ゼノくん……ゼノ・コトブキって人は、ここに登録されてますか？」

「ゼノ？　ああ、確かにうちにいるが。奴がどうした？」

「前に助けていただいたので、お返しがしたいなと」

言った瞬間、周囲がざわめいた。

こちらの言葉を聞かれているのは分かっている。僕たちがサツキさんからの紹介だと言われたときにかなり緩和されたけれど、相変わらず視線は注がれているのだから。

周囲の行商人たちはひそひそと話している。ぜんぶは聞こえないけれど、近くのカウンターからは会話内容が聞き取れた。

「ゼノの野郎、とんでもないものを売ってるぞ」

「ああ。美少女に恩を売るなんてあいつやりやがったな……」

「これは後で粛清ですね」

「いや、それより今までにあいつが女関係でやらかしてきたことをまとめてあの子に渡すぞって、商談の種にした方がいいんじゃないか？　あいつ確か今、岩塩とか香辛料だいぶ抱えてたろ」

「「天才か……！」」

話してることの意味は不明だけど、どういうわけか盛り上がっている。

やはり商人たちなので、損得勘定が主なのだろう。その商人仲間が僕みたいななんの役にも立たない小さな女の子を助けたことで、少し変に思われたのかもしれない。

シシザキさんは口ひげを撫でながら、周囲の行商人たちを半眼で見た。それからこちらに目線と言葉をくれる。

「あいつはまだサクラノミヤにいる。会費の支払いでな。期日に余裕があるから、あちこちで商売しているはずだ。一週間後には戻ると言っていたから、戻ったら伝えよう。お嬢さん、名前は？」

「ありがとうございます。アルジェント・ヴァンピールと言います」

玖音銀士《くおんぎんじ》ではなく、アルジェント・ヴァンピール。

この世界に来て、何度も名乗っている名前だ。最近では呼ばれたときの違和感もほとんど感じない。

　シシザキさんは手元のメモに僕の名前を書き記すと、それを破いて脇に置いた。後はもう、ゼノくんが戻ってくれれば伝えてくれるだろう。

　一週間後には戻るらしいので、ここに来るのもその日でいいかな。

「それじゃあ、よろしくお願いします」

「ああ、任せてくれ。伝えておく」

「用事が済んだのなら、おやつでも食べに行きましょうかぁ。奢るわよぉ」

「え、でも……」

「いいからいいからぁ。ひとりでおやつも寂しいから、ちょっと付き合ってよぉ」

　あの喫茶店の人たちは、こっちに対してなにかしないと体調不良にでもなるのだろうか。あの店長にしてこの店員さんありというか、なんというか。

「いいんですか?」

「すぐに戻っても、お姉様が仕事に集中しなくなるものぉ」

「ああ……なるほど」

　確かにサツキさんは、こちらを構いたがる人だ。明日からまた喫茶店を運営するための準備を放り出してまでこっちに構われるのは、フミツキさんとしては望まないところなのだろう。

　奢ってもらえて、それを気にしなくていいなら僕としては歓迎なので、素直に従うことにした。

おやつを食べて、それからどこでお昼寝するかを考えるとしよう。

この街は花の匂いに溢《あふ》れている。どこで眠っても、きっと気持ちよくお昼寝ができるはずだ。

78　事案発生

「これ、美味しいですわ！」

「ここのたい焼きはオススメなのよぉ。ちなみに、お向かいの醬油せんべいも良いわよぉ」

「フミツキさんは飲食店にお勧めだけあって、美味しいものをたくさん知っていますのね」

「ふふ。まぁねぇ」

和菓子屋さんの軒先。お客さんが座って食べるために設けられた野点傘《のだてがさ》付きのベンチで、僕たちは寛いでいた。

ゆったりとした時間の中で食べるおやつはとても贅沢だ。お菓子の話題で盛り上がるクズハちゃんとフミツキさんを横目で見つつ、僕は自分のたい焼きに嚙み付く。

……甘すぎなくて、いい味ですね。

餡の甘さがキツくないので、皮の柔らかな甘みがある上で、きちんと餡がつり合っている。

餡を皮で封じ込めるのではなく、調和した甘さだ。尻尾にまで餡がぎゅうっと詰まっているところも嬉しい。フミツキさんがお薦めするのも分かる。

クズハちゃんも相当気に入っているらしく、もう三匹目を攻略しにかかっていた。牙を立てるのは尻尾から。お昼にあれだけ食べたのに、よく食べる子だなぁ。

「気に入ってくれて嬉しいわぁ。もっと食べるぅ？」

「はいっ。お代わりをお願いいたしますわ！」

「わふー。フミちゃん、こっちもこっちも！」

「あら、クロ先輩もぉ？」

「わふわふっ。早く早くー」

「そんなにすぐには出てきませんよぉ。私のを半分あげますから、大人しく待っててくださぁい」

「わーい！　フミちゃん好きー！　サツキちゃんみたーい！　あ、でもおっぱいが……ない……」

「胸は関係ないでしょぉ!?」

「そ、そうだよね。ええと……よっ、精神的には巨乳！」

「それ全然褒めてませんよねぇ!?　慰めかどうかも微妙ですよねぇ!?」

「あの、フミツキさん。その人知り合いですか？」

「ええ？　……って、なんでクロ先輩がいるのよぉ!?」

自分のたい焼きを半分渡した上で、フミツキさんが目を見開いて叫んだ。

あまりにもナチュラルに入ってきたのは、黒の長髪と獣耳、そして尻尾。

おそらくはクズハちゃんと同じ、獣人の女の子だ。見た感じの年齢は16歳くらいだろうか。栗色の目を人懐《ひとなつ》っこく細めて、尻尾を振りながらたい焼きにかぶりついている。

「ええとぉ……この人はうちの従業員よぉ。ほらぁ、挨拶してくださぁい」

「むぐむぐ……わう？　クロはね、クロ・イヌイっていうの！　人狼だよ、宜しくね！」

「印籠《いんろう》？」

「人狼だよ！」

こちらのボケ、もとい聞き間違いに対しても、相手はにぱっと大きな笑みで訂正をしてくれた。

確かに、彼女の耳と尻尾は狼と言われてしっくりとくる形をしている。

クロさんの格好はフミツキさんと同じ。シックな印象のある、給仕用の服装だ。落ち着きなく振られる尻尾によってせわしなく揺れるスカートを眺めて、フミツキさんが疑問を呈する。

「クロせんぱぁい。なんでお休みに制服で出歩いてるんですかぁ？」

「フミちゃんも着てるよ？」

「フミは一応お仕事ですからぁ。お姉様が帰ってきて、お使いを頼まれたんですよぉ」

「わふ、そっか！　クロがこれを着てるのはね、クローゼット開けたら最初に目についたからだよ！」

「……まぁ、予備はたくさんありますけどぉ」

半眼になりつつも、フミツキさんは頷いた。納得したというより、放置を決め込んだという感じの対応だ。

クロさんは楽しそうに尻尾をふりふりしながら半身のたい焼きを平らげると、跳ねるようにこちらの周囲を動いた。

雪遊びをする犬のようなステップで、彼女は僕とクズハちゃんをいろんな角度から眺めてくる。

やがて「わふっ」と一声を上げて、

「うん！　匂いとか、大体覚えたよ！」

眺めているだけではなく、匂いも覚えたらしい。

……動きは完全に犬ですね。

失礼な気もするけど、見ていて感じるのは狼というよりは犬だ。

クズハちゃん――狐もイヌ科のはずだけど、クロさんの方が格段に犬っぽい。これで僕よりも背が低ければ、自然に撫でるくらいはしていたかもしれないくらいの人懐っこさだ。

「吸血鬼のアルジェント・ヴァンピールといいます。長いのでアルジェでいいですよ」

「妖狐のクズハと申しますわ」

「アルジェちゃんにクズハちゃんだね。わふっ。クロ、ちゃんと覚えたよ！」

元気よく手を上げて、クロさんは宣言する。

アクションはオーバー気味だけど、それだけに嫌味のなさがストレートに伝わってくる人だ。僕

が昼間に出歩いてることを疑問に思わないのは、条件付きで日の下に出られるサツキさんの知り合いだからか、それとも単純に気付いていないのか。

半身になったたい焼きを更に半分に割って、それをクロさんに与えてから、フミツキさんが言葉を作る。

「うん。暇だよ！　暇だから誰かに構って欲しいんだよ？　フミちゃん遊ぼ？　クロとわふわふしよ？」

「クロ先輩、お暇なんですかぁ？」

「遠慮しまぁす。クロ先輩、暇ならこの子たちに街を案内してあげてくれませんかぁ？　いつも街中を散歩してるから、そういうのは得意でしょお？」

「わふっ、任せて！」

瞳を輝かせながら、クロさんは何度も頷いて四分の一に分割されたたい焼きをひとのみにする。

その様子を見たフミツキさんは、最後に残っている一切れも彼女に渡した。それもやはり、一息でお腹の中に消えてしまう。

もう少し味わって食べてもいいと思う。まるで犬だ。いや、狼か。

「クロ、この街のことならよく知ってるよ！　どこか行きたいところある？」

「ええと……お昼寝するのにちょうどいい感じの場所ってありますか？」

「わんっ！　それならいいとこ知ってるよ！」

「あ、じゃあ、そこまで案内を……きゃっ!?」

お願いしますと言おうとして、できなかった。

速い。いや、速いというよりはいきなり過ぎる。すくわれるように足元から持ち上げられた。一瞬でお姫様抱っこの姿勢にされる。

状況を理解できないままに、更に景色が浮いた。抱き上げられるのとはまた別の浮遊感。

「あおーんっ!」

高らかな咆哮《ほうこう》とともに、クロさんが空中に舞っていた。当然、彼女に抱かれている僕も一緒に。

己のスカートがめくれるのも気にせず、僕の振袖が乱れるのもいとわず、クロさんが行った。たい焼きを買った甘味処の屋根に荒っぽく着地して、

「わっふぅー!　行くよー!」

「え、ちょ、ひゃあんっ!?」

こちらが抗議するより早く、クロさんが僕を抱いたままで走り出す。

クズハちゃんが僕の名前を、そしてフミツキさんがクロさんの名前を呼ぶ声が聞こえてきたけれど、クロさんはそれを完全に無視した。というか目的に夢中になっていて、聞こえていないようだ。

多くの人の視線が注がれるけど、それすらも彼女は気にしなかった。

速度は既に高速。踏み出す足に明らかに力がこもったのが、腕の中でも分かる。

「ひゃっ!?」

ほとんど反射的に相手に抱きついて、浮遊感に耐える。

足元とお尻がふわふわして、ひどく落ち着かない。太ももまであらわになった足がすうすうする。

「しっかり摑《つか》まっててねー！」

もう捕まってますと、そう答えるほどの余裕は無かった。

ぎゅう、と強く引っ付けば、相手の身体は柔らかかった。意外とふくよかな胸に身を寄せるような格好だ。

体温は犬のようにあたたかく、匂いは獣人特有の、獣と女の子の香りが同居した不思議な匂い。しがみつける相手の存在に安心したのも束の間。彼女は僕を抱えたままで、次々に屋根から屋根へと飛び移っていく。

屋根を渡るのはアルレシャで僕もやったことではあるけど、自分で動くのと人に運ばれるのは違う。それも、今名前を知ったばかりの人に、いきなりなのだ。

怖いというよりは、展開が急すぎて頭がついていかない。

何度目かの浮遊感を味わい、ようやく落ち着いて目を開けられるようになって、それが見えた。

街の中心にそびえる、大きな建物。

戦国時代の城のような、無骨だけどすっきりとしたデザインの建物だ。周囲には四つの塔があり、それぞれは中心の城を中継としているかのように繫がっている。

その真ん中、つまり城へと向かってクロさんは一直線に走っている。というか、もう目の前だ。

いや、足の前なのか。

「わふぅー！　到着なんだよ！」

着地するなり、地面に降ろされた。

浮遊感の連続で足には力が入らなくなっている。へたん、とお尻が城の屋根についた。ひんやりとした瓦の感触がして、余計にぞわぞわする。

「……ちょっといきなり過ぎです」

「わふ？」

あ、全然分かってない顔してる。

あまり文句を言っても効果がなさそうなので、溜め息を吐くだけにしておいた。

何度か呼吸を繰り返せば、少しずつ落ち着いてくる。やがて足に力が入るようになったので、立ち上がって乱れた衣服を直す。

……あ、いい景色。

見渡せば、景色は高く、広く、遠い。

眼下は街の入り口である外壁まで見渡せるし、届く風は涼しげで、花の香りが運ばれてくる。

心地よさのある冷たい花の香りを深く吸い込めば、やってくるのは眠気だ。

「わふ、わふ！　どうかな？　どうかな？　気に入ってくれた？」

「ええ。いいところだと思います。でも、大丈夫なんですか、ここ」

周囲を見渡す限り、ここは街の中心地。首都の中心というと、やはり重要な建物が建っているイメージがある。

周りにある建物と比べて、この城は高く、大きく、そして豪華だ。

見晴らしがよく、ここを中心として波紋のように街が広がっているのがよく見える。街の壁と同じくらい、この建物は高かった。

うーん。どう考えてもここ、重要な施設じゃないだろうか。

「わふ！　大丈夫！　クロ、知り合いだから！」

こちらの心配に対して、クロさんはえっへんと胸を張る。

彼女の雇い主であるサツキさんはかなり顔が広いようなので、ここことも関係があるのかもしれない。大丈夫というのなら、遠慮しなくていいかな。

ブラッドボックスから毛布を取り出して敷き、そこに寝転がる。うん、悪くない。

さすがにちょっと硬いけど、日当たりは最高だ。街で一番のお昼寝スポットと言われて、納得できる。

「クロもお昼寝していい？」

「ええ、どうぞ」

「わふーっ」

嬉しそうに尻尾をしたぱたと振りつつ、クロさんが隣に寝転がった。

ここまで連れてきた方法は無理矢理でめちゃくちゃだったけれど、彼女にしてみれば好意だ。怪我をしたわけでもないし、こうしてお昼寝しやすいところに連れてきてくれたので、それでいい。

クズハちゃんのことが気になったけど、フミツキさんが一緒なら大丈夫だろう。合流しようと思えば、向こうは僕の匂いをたどって来れるのだし。

お腹が膨れていることもあり、瞳を閉じればすぐに意識が沈んでいく。

今日はもう十分働いたので、気持ちよくお昼寝ができる幸せに浸ることにしよう。

79　岩の壁、水の音、立派な角

「……にゃ？」

目が覚めると知らない光景だった。

眠る前に見たような広く、気持ちのいい景色ではない。狭く、暗い景色だ。

暗闇でも吸血鬼の目は鋭く、周囲を完璧に把握する。日が落ちたのではないことは、すぐに分かった。

こちらを拒むように組み上げられた石の壁。ぽつぽつとどこからか水の音がして、響いてくる。

つまりここは室内で、割と狭い場所だ。

寝転がった半身に触れる感覚は固くごつごつとしていて、敷物にしていた毛布は見当たらない。

「ん……あれ？」

もう少し周囲を知るために起き上がろうとして、できなかった。

動かそうとした手足は重く、じゃらりとざらついた音を立てる。

視線を向ければ、両方の手首と足首を繋ぐように、硬質なものが存在していた。

ふたつの拘束具は鎖で地面に繋がっている。鎖は短く、立ち上がることすらできないほどだ。

「霧化」

煩《わずら》わしいから、すぐに拘束を抜けた。

手足を一瞬だけ霧に変え、手かせと足かせから脱出する。

……どういうことですかね、これ。

確か僕はお城の屋根で、クロさんとお昼寝をした。それは覚えている。分かる。

そして起きたら、日も届かないような暗い部屋で鎖に繋がれていた。これは分からない。

とりあえずもっと情報を得て、クロさんのことも探さないと。そう結論して、僕は周りを更に観察する。

「……鉄格子？」

振り返った先にあったのは、見覚えのある拒絶の証。

前世で毎日目にしていた、狭い空間と外界を隔絶するためにある鉄の仕切りだ。

近づいて触れてみれば、懐かしさのある冷たさが手のひらを撫でていく。

「ということは、ここは牢屋ですか」

つまり僕は、寝ている間に牢屋に入れられたということだ。

「どう考えても、お昼寝した場所が悪かったんでしょうね」

クロさんは大丈夫だと言っていたけど、大丈夫ではなかったのだろう。

捕まってしまったものは仕方ない。これくらいの鉄格子なら変化系の技能で簡単に出られるけど、それでお尋ね者になったりしても面倒だ。

まだゼノくんにも会ってないし、僕のことを養ってくれる人を探してもいない。人が来るのを待って、事情を説明しよう。

そう結論したところで、聞き覚えのある声がした。

「わふー！」

闇に響く、遠吠えのような声。

反響しているから少し分かりづらかったけど、僕がいる部屋の隣からだ。

同時に、ばきんという甲高い音が二度。硬質なものをちぎったような、いや、間違いなくちぎった音だ。なんて乱暴な。

「わうう？　なんでクロ、こんなところにいるの？　おーい、アルジェちゃーん」

「ここですよ、クロさん」

「わふー！　アルジェちゃん、すぐそっちに行くね！」

なにかを無理やり曲げるような鈍い音がして、それからすぐにクロさんが鉄格子の向こうから顔を出した。

今度は格子を曲げたのだろう。とんでもない馬鹿力だ。

クロさんは僕の牢屋の鉄格子を摑《つか》むと、一息に広げた。鈍い悲鳴をあげて、隔絶のための鉄《くろがね》が曲がる。

「もう大丈夫！　クロが来たよ！」

「えーと、ありがとうございます」

たぶんこれは大丈夫じゃない。だって脱獄だもん。どう考えても言い訳ができない感じだ。

ただ、向こうはちっとも悪びれないというか、悪気が微塵《みじん》もない。本心からの善意で、尻尾はちぎれんばかりだ。咎《とが》めるのも気が引けるので、渡すのはお礼の言葉にした。

こうなってしまったら仕方ないから、もうさっさと逃げてしまおうか。そんなことを考えたところで、新しい気配がした。

足音はなく、無音だ。それでも僕の嗅覚が、なにかが接近していることを教えてくれる。

人でも、獣でもない血の匂い。甘いと感じるということは、美味しい血の持ち主か。

誘われるように、曲げられた格子の隙間から顔を出してみれば、匂いの持ち主が見えた。

「……随分と大きいのが来ましたね」

　やってきた人は、サツキさんよりもまだ大きい。というか常識外れと言っていい身長をしている。二メートルはある。

　当然それに見合った肩幅と、パーツの大きさ。胸も大きいところを見ると、女性だ。

　それだけのサイズで足音がないのは、体捌《たいさば》きがうまいからだろう。

　瞳は無い。というより、黒髪が鼻付近にまで伸びていて見えない。黒髪の隙間からは、一本の角がすらりと伸びていた。

　褐色の肌を黒い装束に包んで、彼女は闇を歩く。全体的に暗く、闇に溶け込むような印象のある人物だ。マフラーのように首に巻かれた布が、尻尾のように揺れる。

「……鬼の忍者？」

　総合的な感想を口にする頃には、相手は目の前までやってきている。

　結んだ口がほどかれて、歪む。紡がれる言葉は明らかに呆れの色を含んでいた。

「クロさん……貴女、何回これをやれば気が済むんですか」

「わふ？」

「わふ？　じゃありません！　ここは国の重要施設、ヨツバの中心！　お昼寝する場所でも遊ぶ場所でもないんですから、気軽に入ってこられたら困ります！　部外者まで連れて！　拘束しないと示しがつかないんですよ、こっちの手間も考えてくださいＩＩ」

どうも知り合いのようだけど、力関係は明らかにクロさんに傾いている。だいぶ振り回されてそうだ。

「何回言わせるんですかこの人もうやだぁぁぁ！」

大人と子供以上のサイズ差があって、大きい側が泣かされていた。

「わふ、そうなの？」

「うう……あと、その人誰ですか……？」

「アルジェちゃんだよ！」

「……それから？　出身とか、職業とか」

「えーと……かわいい吸血鬼！」

「なにひとつ安全面が約束される情報がない……!?」

「ええと、出身は王国で、職業は旅人です。その人の勤め先で宿や食事をお世話になってます」

「うう、ありがとうございます……」

半泣きの声でお礼を言われた。目は隠れてるけど、たぶん涙目だろう。

……向かい合うと凄いですね。

サツキさんやフミツキさんも背が高いけど、これは完全に規格外のサイズだ。いろいろと大きすぎる。

相手はこちらを見下ろして、すまなさそうに肩を落として口元を緩める。目は見えなくても、動きから見える感情は豊かだ。

「ヨツバ議会所属。御庭番衆《おにわばんしゅう》、ハボタンと申します。申し訳ありませんが、ついてきていただけますか」

「わふー！　ハボちゃんおやつー！」

「違いますからっ!?」

完全に遊ばれている感じだけど、相手は議会に所属しているという。格好からすると議員という感じではないけど、公務員なのは間違いなさそうだ。

名前も知られてしまったことだし、逃げるという選択肢はもう選べそうにない。ここは素直に従うことにしよう。

80　ヨツバ議会

「あははは っ。クロさんは面白いなぁ」

「わふ？　そうかな？」

「そうそう。ハボタンも見習ったらどうかな、この面白さ」

「見習いたくありません……！」

咎《とが》める声を爽やかに笑って受け流すのは、長めの黒髪をひとつにまとめた青年だ。オレンジの瞳は切れ長だけど、話す雰囲気は鋭さよりも丸みを感じる。背はフミツキさんと同じくらいなので、男の人にしては低めかな。

牢屋から出された僕たちが連れて来られたのは、質素な印象のある部屋だった。調度品は少なく、テーブルや椅子が最小限用意されている一室。書類仕事をするための部屋、という印象を持った。

クロさんと親しげに会話するこの青年は、おそらくはこの部屋の持ち主なのだろう。こうして引き合わせるということは、ハボタンさんの上司か、雇い主か。

「んーと、それでクロさん。その子は？」

「アルジェちゃんだよ！　かわいい吸血鬼なんだよ！」

「そうか。なら安心だね」

「安心しないでくださいぃ!?」

悲鳴みたいな声をあげるハボタンさんを完全にスルーして、クロさんと青年は楽しそうに談笑する。

そろそろ相手してあげないと彼女、泣くんじゃないだろうか。泣いたところで目が隠れてるから分からないけど。

やがて笑うことに満足したらしく、青年はこちらに顔を向け、頭を下げてきた。

「初めまして。ヨッバ議会所属、アキサメ・ヒグレといいます」

「アルジェント・ヴァンピールです。呼ぶときはアルジェでいいですよ」

「承知しました、アルジェさん。僕のことは苗字でも名前でも、お好きな方で」

「分かりました、アキサメさん」

名前を呼ばれ、アキサメさんはゆっくりと満足そうに頷いた。

ハボタンさんの態度から察するに、やはり彼の方が上司なのだろう。

「アキサメ様。この国の最高決定機関がそんなことでは困りますっ……！」

「え、そうなんですか？」

「ん？　ああ、まあね。ヨッバ議会は僕を含めた四人で会議して、政《まつりごと》を行っているよ」

なるほど、ヨッバだけに四人か。

「国を回すのが四人というのは、ずいぶん少ないように思いますが？」

「共和国は元々小国の集まりで、僕を含めた四人は統一の主導となった一族でねぇ……伝統ってやつさ。周りの助けもあるから、問題はないよ」

「はあ、なるほど」

「それにトップが四人と考えれば多いんじゃないかな。王国や帝国には、王様一人しかいないんだから」

確かにそう言われてみれば、そうかもしれない。

納得していると、アキサメさんが動いた。じゃれつくように周囲をウロウロしているクロさんを撫でていた手を離し、こちらに歩んでくる。

「とりあえず、サツキさんの関係者なら安心かな。あの人はあれで、本当に危険だと判断したものは関わらないから」

相手は男性としては背が低いとはいえ、僕は子供と言っていいサイズだ。こうして相対すると見降ろされる形になる。

言葉は降ってくるようだけど、声音が優しいのは、サツキさんへの信頼ゆえか。

……サツキさん、ここでも信頼されてるんですね。

商人さんに続いて今度は政治家にも名前を覚えられてるって、ほんとにあのひと何者なんだろう。

謎は深まるばかりだけど、お陰で助かったのは本当だ。本来なら多分、怒られる程度ではすまなかっただろうから。

「まあでも、あまりこういうのは止めてくれるかな。一応、国の重要施設なんでね」

「そうですね。すいません、知らなかったもので」

「ははは。大方クロさんに無理やり連れて来られたんだろう?」

その通りすぎるので頷くと、アキサメさんは笑みを深くした。彼は表情を崩さないままでクロさんの方を見て、

「クロさんも頼むよ。今月でもう三回はそれで捕まってるだろう？　気にする子もいるんだから」

「ふつうは気にするものですよ!?　なんで私の方がおかしい感じなんですか!?」

「わふ！　分かった！　今日寝るまでは覚えておくね！」

「できればずっと覚えててくださいませんかねぇ……!?」

「まあまあハボタン、落ち着いて。クロさんにはちょっとした仕事でもして、反省してもらうとしよう」

「わふぅ？　お仕事？」

疑問符を浮かべるクロさんに、アキサメさんは頷く。

部屋の壁にかけられたものに、彼は近寄った。文字を見る限り、それは地図のようだ。

地図には一つの大きな大陸と、その周りに海を示すのだろう青が描かれている。大陸の周辺には小さな島もいくつかあるけれど、やはり一番目立つのは中心の大きな陸地だろう。

アキサメさんの手が指し示したのは、大陸の西に書かれた「ヨツバ共和国」の文字。指はそこから滑るように動き、ある一点で再び止まった。

「サクラノミヤから少し西にある、レンシアって村のことは知ってるかな？」

「知ってるよ！　うちのお店、そこの蜂蜜使ってるもん！」

「そうそう。蜂蜜の産地で有名なんだけどね。数日、そこに視察に行くから、ついてきてくれないかな？」

「えー。ダメなんだよ。サツキちゃんが帰ってきたから、明日からお店やるんだよ。クロ忙しいの」

「そう？　それならサツキさんに頼もうかなぁ」

「……わふ？」

「クロさんに敷地内で昼寝されたり、知らない人を連れて来られたり、この間も勝手に議会に入ってきて壺割ってくれたりしたから、その辺りの弁償にしばらく貸して欲しいって、雇い主に交渉しようかなって」

「わ、わふぅ!?」

あくまで笑顔で話すアキサメさんに対して、クロさんは明らかに狼狽した。

クロさんが慌てた動きでアキサメさんの近くに行き、腕を取る。耳と尻尾は完全に垂れて、先程までの元気が嘘のようだ。

「そ、それは困るんだよ！　サツキちゃん怒ると凄く怖いもん!!」

サツキさんはいつもにこにこしている。ああいう人ほど怒ると怖いというのは、なんとなく分かる話だ。

ただ、所業が完全に自業自得なので、ちょっと擁護はできない。できないからこっちチラチラ見ないでください。

「クロさん、僕も行きますから」

　知らなかったとはいえ、僕も迷惑をかけたのは本当だ。変に目をつけられても困るし、ここは手伝っておこう。

　幸い、ゼノくんが商業ギルドに戻るのは一週間後らしい。数日くらいなら、首都を離れても問題ないだろう。

「……うう。分かったんだよぉ。アルジェちゃんがついてきてくれるなら、クロ、がんばるよ。おやつ抜きになりたくないしね」

　思ったよりサツキさんの怒りは軽そうだった。

　とはいえ、しぶしぶでも承認は承認だ。アキサメさんが満面の笑みで頷く。

「話は決まりだね。一応戦闘の可能性だけ考慮しておいてくれるかな。道中、魔物が出たりするかもしれないんでね」

「分かりました」

「さて、それじゃもうひとりはどうしたものかな」

「もうひとり？」

「そう、もうひとり捕まった侵入者がいてね。ええと、ハボタン。どんな子だっけ？」

「三叉尻尾の狐系獣人ですね」

「すいません、その子も連れて行きます」

　なにしてるんだろう、あの子。

81　蜜の村レンシア

「だってアルジェさんが攫《さら》われましたのよ!?　追いかけるに決まってるでしょう!?」

「だからって捕まるようなことしたらダメだと思いますよ？」

「うぅ……」

そんなやり取りはあったものの、最終的にクズハちゃんも視察に同道するということで許された。

アキサメさんがユル……もとい、優しい人でよかった。

レンシアまでは、アキサメさんの馬車で一日かけての移動だ。メンバーはアキサメさん、ハボタンさん、クロさん、クズハちゃん、そして僕の五人。

「御庭番衆《おにわばんしゅう》にはサクラノミヤの治安維持とかやっててほしかったんだけどなぁ」

「いくらなんでも外部から来た護衛だけで、アキサメ様を視察に行かせるわけにはいきませんから」

ここに来るまでに何度も行われたやり取りを繰り返しつつ、馬車からアキサメさんが降りていく。御者を担当していたので、ハボタンさんは初めから外だ。

一応護衛なのに後に降りていいのだろうかと思いつつも、僕も馬車から降りる。

小さな村だ。見える範囲の家は十軒ほどしかない。

周囲に広がる花畑は、蜂蜜のためなのだろう。手入れが十分になされていて、小さな花の群れは遥か遠くまで続いていた。

風に乗って鼻をくすぐるのは、甘い蜜の香り。身体の周りを遊ぶように吹いて、やがて通りすぎる。

「ん……」

なんとなく、懐かしい匂いだ。初めて嗅ぐ花の香りのはずなのに、なんだかよく知っているかのような、安心感がある。

不思議な感覚を得ていると、クズハちゃんが隣に並んでくる。

彼女はこちらの横ですんすんと鼻を鳴らして、

「甘くて、いい香りですわね」

「うん。サツキちゃん、ここのハチミツお気に入りなのー。今日は特にいい匂いがするね！」

おそらくはクズハちゃんと同じように匂いを堪能しているのだろう。目を細めながらクロさんが降りてくる。

嗅覚が強い種族のふたりが楽しそうにしているのを放置して、前に出る。一応護衛なので、アキサメさんの近くにいた方がいいだろうという判断だ。

側まで近寄ってみれば、アキサメさんはニコニコ笑って、周りを見渡していた。

……笑ってるけど、見てますね。

顔は笑みのままで、視線は動いている。

ノリは軽く見えても、やはり国のお偉いさんだ。なにをどこまで見ているのかまでは判別がつかないけど、ただ微笑んでいるだけの人ではないのは、ここまででなんとなく分かる。

「ん、どうかしたのかな、アルジェさん」

「あ、いえ。なんでもないです」

唐突にこちらに話を振られて、身を引いてしまった。

こちらのことは見ていないと思ったけど、そうではなかったらしい。

「なんていうか、平和なところですね」

「そうかな？　うん、まあ、そうかもしれないね」

「……？」

違和感を覚えたのは、アキサメさんが少し素っ気ないような反応をしたからだ。

どこか期待を外したような、そんな雰囲気がある。

それは僕に対してではないように思えたけど、だとしたらなにに対してなんだろうか。

「ん、来たみたいだね」

聞いてみようかと思う前に、アキサメさんがそう呟いて視線を動かす。目線を追って同じ方向を見れば、ちょうどその方向から女の子が歩いてくるのが見えた。

黒髪で、花の蜜のような澄んだ黄金の目が印象的な女の子だ。

共和国では見慣れた和服を揺らしながら、ゆっくりとした足取りでこちらに歩いてくる。

やがて、アキサメさんから数歩離れたところで、彼女はお辞儀をする。その動作は優雅で、背景の花畑と相まって花の妖精のように見えた。

「ようこそいらっしゃいました、アキサメ様」

「うん。元気そうだね、レンゲちゃん」

「アキサメ様もお変わりなく」

会話の流れが気軽なので、ふたりは知り合いらしい。

「…………」

「……？　どうかしましたか？」

「あ、いえ。気にしないでください」

こちらを眺めてきたような気がしたので、レンゲと呼ばれた彼女に声をかけると、相手はすぐにこちらに頭を下げた。気のせい、だったのかな？

最近は商業ギルドなどで見られることが多かったので、少し過敏になっていたのかもしれない。

「どうぞ、こちらへ」

促されて、アキサメさんとハボタンさんは素直についていく。

ふたりに続くと、クズハちゃんとクロさんもちゃんとついてきた。

……あの大きな身体で、無音ですか。

そう驚くのは、ハボタンさんの動きだ。二メートルはある身長で、この中にいる誰よりも音を立てずに歩いていく。一番目立つはずなのに、全く目立たない。

御庭番衆。詳細は知らないけど、やはり出で立ちからすると隠密系なのだろう。視界に入っていなければ、移動していることすら分からないかもしれない。

感心しながらも足を動かして、やがてひとつの家の前に案内される。他の家に比べると一回り大きいので、村長のお家、という感じかな？

「お父様は中でお待ちです」

「うん。助かるよ。ええと……クズハさんとクロさんには、外で番をお願いしていいかな？　鼻が利きそうだからね」

「わふっ、分かったよー！」

「承知しましたわ」

嗅覚の鋭い獣人ふたり組に声をかけて、アキサメさんは一足先に家の中へと入っていく。

……微妙に不安なふたりですね。

確かに危機察知力は高そうだけど、ちょっとふたりとも隙があるというか、注意力そのものが不安だ。大丈夫なんだろうか。

とはいえ、今日の僕はあくまでアキサメさんの警護役なので、人員の配置などは口を出すことじゃない。

いざとなれば僕の回復魔法などもあるし、そもそも見たところ、のどかな村なのだ。そこまで警戒しなくても大丈夫かな。

家の中に入り、そのまま奥へと案内される。

たどり着いたリビングらしきところには六人くらいが座れる大きなテーブルがあり、口ひげを蓄えたちょっと小太りの人物が座っていた。

「アキサメ様、ようこそいらっしゃいました。どうぞ」

「うん。元気そうでなによりだよ、村長。もう少し痩せた方がいいと思うけどね」

冗談と分かる程度に軽い言葉を作って、アキサメさんが席につく。

一応、護衛という名目なので、ハボタンさんと同じように僕は立ったままだ。

「遠路はるばる、ようこそお越しくださいました」

「いやぁ、馬車で一日くらいだよ。それより今年の蜂蜜はいい出来だねぇ」

「おお、やはりお分かりになりますか」

「毎年食べさせてもらってるからね。今年のは特に香りがいいよ」

「今年は気候が穏やかで、花がよく咲いてくれましたので……」

ふたりは話し込んでいるけれど、立ちっぱなしのこちらとしては少し退屈だ。

視察という話なので、これくらい堅苦しくて当たり前なのだろうけど、やはり興味のない話が続くと眠くなって……ねむ……ねむ、み――

「――んにゃっ」

いけない。一瞬、完全に寝てた。

切れた意識を繋げたのは、右腕の感触。横目で見れば、ハボタンさんがそれとない動きでこちらの二の腕をつまんでいた。

「んにゃ？」

「あ、いえ。なんでもありません。気にしないでください」

大人同士の話に入らず、静かにしていたレンゲさんが怪訝《けげん》な瞳を向けてくるけれど、適当に誤魔化しておいた。

その後は定期的に寝落ちしそうになってはハボタンさんに物理的に意識を繋がれるということを何度か繰り返して、警護のお仕事を続けた。

「ところで村長。なにか困ってることとか、無いかな？」

「……さすがはアキサメ様。よく分かりましたね。実は今年はいつもより蜜喰いが活発で、困っています」

「うん。そっかそっか。そういうことなら、せっかくこうして来たから僕らの方で退治しよう。ふたり共、いいね？」

「もちろんです、アキサメ様」

「……んぁ、はい」

半分くらい寝ていたので、反応が遅れてしまった。

蜜喰い、だっけ。どういうものなのかは知らないけど、アキサメさんがそう言うのなら退治しなければならないのだろう。

面倒くさくは感じる。でも、今の僕はアキサメさんの視察に付き合わなければいけない身だ。本当ならこれくらいでは済まないことをしているのだし、素直に従っておこう。

「それじゃ、さっそく始めようか」

アキサメさんが笑みで、こちらに指示を送ってくる。

ぼうっと立ってると寝てしまうから、ある意味ではこっちの方がいいかも。そんなことを考えながら、僕は頷いた。

82　害獣駆除の日中

「蜜喰いってどういう生き物なんですか？」

「熊に似た魔物ですの。主食は蜜と虫。蜂も食べますから、蜂蜜を特産とするこの村にとっては最も忌《い》むべき魔物ですわ」

「わふ！　クロ知ってる！　そういうの商売敵《しょうばいがたき》っていうの！」

「言いたいことは分かりますけど、ちょっと違います」

一応、クロさんの言いたいことは伝わる。蜜も虫も食べてしまうなら、レンシアにとって蜜喰いは敵《かたき》と言ってもいいだろう。

ただ、正確に言うと商売敵というのは商売をする上での競争相手、つまり同業者のことを言うので、少し違う。

「普段は温厚なのですけど、食事の邪魔をされるのを嫌うのですわ。肉食ではありませんが、爪や牙はかなり鋭いですわよ」

クズハちゃんが補足するように説明してくれる。こういう気配りはよくしてくれる子だ。

「あと、蜜喰いのお肉はほんのり蜜の香りがして脂身も甘く、高級食材ですの」

「わふっ。持って帰って、アイリスちゃんに調理してもらうんだよー」

「アイリスさん、あんなものまで調理できるんですか？」

「え、知らない。でも持って行ったらたぶんなんとかしてくれるよ！」

「投げっぱなしなのか信頼してるのか、判断に迷いますね」

他愛のない話を続けながら、僕たちは目的の魔物が来るのを待つ。

今、僕たちがいるのは蜜を摂るための花畑よりも、少し離れたところ。

蜜喰いとやらが来る方角はいつも決まっているらしいので、そこを見張れる草むらに、僕とクズハちゃん、クロさんは身を潜めている。

ハボタンさんとアキサメさんはレンシアの視察を続けて、僕たちは害獣駆除、というメンバー分けだ。

「わふー。暇なんだよー」

潜めているとは言うけど、クロさんはちっとも落ち着かない。そわそわとあちこち動いては草むらを揺らしている。まるで玩具を見失った犬だ。

逆にクズハちゃんは静かなものだ。それこそこちらの方が獲物を待つ狼だと言われても納得できるくらい、微動だにしない。話しかけなければ、言葉すらこぼさないほどだ。

「クズハちゃん、落ち着いてますね」

「狩りの時は周囲の情報を察知するのが大切ですもの」

少し照れたように微笑んで、クズハちゃんは一本だけの尻尾を揺らした。

既に分身体であるブシハちゃんも別の場所でスタンバイ中で、いつでも動ける状態にある。あとは相手が来るのを待つだけ、なんだけど。

……確かに、クロさんの言う通り暇ですね。

相手が来るまで動けないから草むらで待つしかないのだ。仕方がないとはいえ、それが暇だというのは分かる。

実際僕も、ここで見張りをはじめて半分くらいの時間は寝てしまっている。クズハちゃんが見張ってくれるから、問題はないのだけれど。

そうして暫《しばら》くの時間、うとうととしては雑談する、というのを繰り返した。

何度目かの雑談の最中、唐突にクズハちゃんが顔を上げる。彼女は、耳をぴこぴこと動かして、

「来ましたわね」

呟いた言葉で、僕の方も気を引き締める。クロさんは相変わらず、あまり落ち着かない。

花畑とは逆方向から、蜜の匂いと獣臭さが来る。蜜喰いとやらの匂いだろう。

「熊に似た、というか、ほぼ熊ですね」

そう。ほぼ、熊だ。

茶色い毛皮に覆われた体軀《たいく》は今は四足歩行だけど、立ち上がれば三メートル近くはあるだろう大型。

蜜喰いは鉤爪《かぎづめ》を備えた鋭い前足で、地面を抉《えぐ》るように歩いてくる。目は血走っていて、ひどく興奮しているように見える。

唯一熊っぽくない、だらりと伸びた舌が印象的だ。そこだけは熊というより、アリクイのように思える。たぶんあの舌で虫や、蜜を舐《な》めとるのだろう。

そんなものが、見えるだけで八匹ほど。花畑を目指して真っ直ぐにやってくる。

「随分と、なんて言うか……多い上に、お腹すかせてませんか？」

「おかしいですわね。蜜喰いはどちらかというと餌場を取り合うので、群れるような生き物ではないんですけれど……あんなふうに興奮しているのも、あまり見たことありませんわ」

「わふっ。とにかくあれをやっつければいいんだよね！　いっくよー！」

「あ、ちょっとクロさん!?」

クズハちゃんの制止も聞かず、クロさんが待ってましたとばかりに草むらから飛び出していく。

これじゃ、どっちが野生動物なのか分からない。

蜜喰いたちの前に躍り出た野生のクロさんは、迫り来る群れに臆することなく大きく息を吸う。

一体、なにをする気なのか。そう思った次の瞬間に、それは来た。

「あおおおおおおおんっ！！」

こちらの鼓膜を破くのではないかと思うほどの、盛大な叫び声、いや、遠吠えというのが正しいのか。

暴力的な大音声が、周囲を打撃した。

「っ……人狼の、狩りのための咆哮《ほうこう》ですわね!?　獲物の恐怖心を揺さぶって、動きを止める技能ですのっ……！」

相当耳に響いたらしく、頭をふらふらと揺らしながらクズハちゃんが説明してくれる。

僕の方も、クロさんに続くべきか迷っていた足が完全に止まった。

遅れて周囲の草むらが騒がしくなるのは、恐怖状態から我に返った小動物たちが逃げていく音だろう。

「わふ？　あれ？」

クロさんだけがのほほんとした声で、しかし疑問符を出す。

その彼女の頭めがけて、蜜喰いの鉤爪が振り下ろされた。

「あぉんっ!?」

慌てた動きでクロさんが頭を下げる。前転に似た動きで蜜喰いの脇を抜けて、無傷で回避。

「無視された……!?　ふつうは動きを止めますわよ!?」

「ふつうじゃないってことですね」

明らかに蜜喰いたちは興奮している。狼に睨まれる、というか吠えられる恐怖以上のなにかが、彼らを突き動かしているということだ。

その理由を今考えてる時間はない。隊列としては今、クロさんだけが敵のど真ん中にいるのだから。

すくんだ足の復帰を確認して、すぐに駆け出す。ブシハちゃん、クズハちゃんも一緒だ。

「クロさんが真ん中にいると、魔法が撃ちづらいですわね……！」

「じゃあ、僕が止めますね。ブラッドアームズ、『鎖』」

軽く指に嚙み付いて、血を流す。後はいつも通りに吸血鬼の能力で鎖を作り、搦《から》めとっていくだけだ。

動きが止まれば、クズハちゃんたちもやりやすいだろう。そしてその目論見は、期待通りに効果を発揮した。

血の鎖が蜜喰いたちを捕まえて、抑えこむ。

……かなり暴れますね。

理由は不明だけど、やはりひどく興奮しているようだ。自分の身体に鎖が食い込むことすらいとわず、蜜喰いは暴れ回る。

引きちぎれるようなことはないけれど、その様子は明らかに異常を感じる。一体なにが蜜喰いたちをそこまで突き動かしているのだろう。

「三重《みえ》――鎌鼬《かまいたち》!!」

クズハちゃんお得意の風の魔法が、三重奏で吹き荒れた。

分厚い毛皮と、その下の筋肉すらも風の刃が断じていく。噴き出した血液を巻き込んで、クロさんの周囲に真っ赤な嵐が発生する。

……あんな魔法を僕に向けてきたんですよね。

はじめて出会ったとき、クズハちゃんがこちらに魔法を放ってきたことを思い出す。

僕に魔法耐性が無かったら、かなり酷《ひど》いことになっていただろう。転生するときに、ロリジジイさんのおすすめを聞いていてよかった。

「わふ、クズハちゃんすごいすごい！」

「まだ浅いですのよ……！」

「わふぅ！　それならクロが——やるよー!!」

フリルスカートをはためかせ、クロさんが行った。指を軽く曲げた、引っ掻くような形の手を蜜喰いの首元にぶち込んだのだ。

打つのではなく、引き裂く音がした。蜜喰いの胴体と頭が綺麗に分断される。絶命による力の抜けが、鎖を派手に鳴らした。

「人狼はやはり、膂力《りょりょく》がとんでもないですわね」

「わふ！　どんどん行くよー！」

魔法で攻撃するクズハちゃんとは対照的に、クロさんは素手、というよりは爪で行く。返り血が服を汚すことを気にせず、一撃で頭を砕くか首を落とすかで、蜜喰いを狩る。

力強く野を駆け回り、牙を突き立てるように引き裂く様はまさに狩猟者だ。

普段のテンションは犬のようだけど、やはり狼らしい。

「わっふぅ！　どんどん行くよぉ！」

「威力、上げていきますわ！」

そうして数分とかからずに、蜜喰いたちは殲滅された。

ほとんどクロさんとクズハちゃんがしたことで、僕は鎖で動きを止めただけの楽な役目だった。

むせ返るような血の匂いの中で、僕は溜め息をつく。

「様子はおかしかったけど、それほど脅威ということはありませんでしたか」

「わふ。でもでも、この村の人はきっと困ってたんだよ」

「そうですわね。見たところあの村に、蜜喰いに対抗できる人はいなそうでしたもの」

「確かに、規格から外れてるのは僕たちの方ですか」

吸血鬼に獣人ふたり。僕の方は転生した恩恵として冗談みたいに高い能力を与えられているし、クズハちゃんとクロさんはたぶん獣人の中でも強い方だ。

蜜喰いたちが弱いというより、相手が悪かったと考える方が正しい。

「とりあえず、戻りましょうか」

「わふっ、了解なんだよー！」

「ええ、分かりましたわ！」

元気よく返事をするふたりを引き連れて、僕はその場を後にした。

クロさんは持てるだけのお肉を抱えて戻ったので、またハボタンさんが微妙な顔をしたけれど、特に問題なく害獣の駆除は成功したのだった。

83　暗躍の深夜

世の中は理不尽にできている。

いつだって予期しないところから不幸の雨が降り込んで、気づいたときにはびしょ濡れになっていて、寒さに震えてしまう。

だから私は、濡れるよりも濡らす側にいようと決めた。

理不尽の雨に、私がなろう。

あの日、びしょ濡れになりながら、そう決めたのだ。

「――それでも、なにもかもが己の手のひらの上だなんて思えないわね」

現に今、こうして思い通りに行かなくて私は腹を立てている。

腹立たしすぎて、ついうっかり何人か殺してしまうところだった。血の匂いで彩るのは悪くないけれど、今それをするのは問題だから、我慢しなくちゃ。

自慢の金髪に触れ、その手触りに満足することで落ち着きを取り戻す。

一息を吐いて見渡してみれば、私が座る椅子の周囲には平伏した人々。私の一声で己の首を喜んで切り落とす、奴隷たちだ。

「エルシィ様……」

「エルシィ様ぁ……」

「エルシィ様万歳……」

「エルシィ様万歳ぃ……」

「ええ、ええ。そうね。でも口を閉じて？　特に男はね」

私の言葉通りに静かになったので、とりあえずはそれでいい。魅了の魔法は使い勝手はいいのだけど、細かいところをいちいち指示しないといけないところが難点だ。

私の不機嫌を察知して低くうなり声をあげるバンダースナッチに手を伸ばし、双頭の顎《あご》を撫でることで落ち着かせる。

「本当に、ままならないものね」

予定は狂うもの。そんなことは、ずっと前から知っている。だから、そこは構わない。

ただ、やはりうまくいかないと不機嫌にはなってしまう。

これ以上、不機嫌が加速する前に気持ちを切り替えよう。そう決めてしまえば、思考は自然とそちらに向く。

考え方を変えれば、この状況は良い機会でもある。だから、そう思うことにしましょう。

不機嫌の原因はまだ、私までたどり着けていない。目的を果たせば、それでもう向こうはこちらに干渉できないのだから。

「名前はアルジェント・ヴァンピール、お供に狐の女の子……ふふ、こっちは可愛いペットになりそうね」

私の花嫁について手に入った情報を反芻《はんすう》して、気分を上げていく。

アルジェント・ヴァンピール。私とは正反対の銀色の髪を持つ、私の花嫁。

吸血鬼で家族名を名乗るのは珍しいけれど、きっとその辺りのことを知らない、生まれたての吸血鬼なのだろう。

記録魔法で保存された姿を隅から隅まで眺めて、私は溜め息を吐く。

……完璧ね。

私の隣に並ぶのに相応《ふさわ》しい、完璧な美貌だ。

あの踏み荒らされる前の雪のような肌に牙を立てたら、どれほど気持ちいいのかしら。

小さな口では息が追いつかないくらいの快楽を与えて、眠そうな瞳を歪ませたら、どれほど楽しくて、愉しいのかしら。

それに、素晴らしいのは容姿だけじゃない。

彼女の魔力はとんでもなく質がいい。温泉の呪いを外されたとき、そう感じた。

見た目も魔力も、私好み。まるで私のためにしつらえたかのような存在。

「あはっ……♪」

自然と、口元が緩む。

彼女を手に入れたときのことを想像するだけで、牙が疼《うず》く。喉が渇く。心がざわつく。

どんなことをしようか。どんなことをさせようか。どんなふうに愛しあおうか。

想像を現実のものとするために、私は下僕に言葉を与える。

「分かってるわね？」

「あら？　……ああ、そうね。喋《しゃべ》っていいわよ」

「はい……エルシィ様の、仰せの通りに」

色があり、しかし意思は無い瞳で、ゆっくりと頷かれる。

目的のためにあえて魅了の魔法をかけているけれど、やはりつまらない。

本来なら目の前のこの子はもっと気丈で、美しくて、可愛らしかったのに。そういう反応が見られないのは、寂しいことね。

つまみ食いする気すら失せてしまう無感情さで、のろのろと彼女は歩き出す。暫《しばら》くすれば偽物の感情と衝動に突き動かされて、私の望みを果たしてくれるだろう。

目的を果たしたら、あの子も含めて女の子たちはしっかりと吸い尽くしてあげなくちゃ。男はいらないから、殺しちゃいましょう。

「さあ、それじゃあ準備をはじめましょうか。盛大に、盛大に祝いましょう！」

ここはお世辞にも良い場所とは言えないけれど、今からでも下僕たちを動かして準備はできる。

最高のおもてなしを用意して、どうあっても逃げられなくしよう。邪魔が入らないようにも配慮しなくては。

やることは山積みだ。けれど、それは楽しいことでもある。

ひとつひとつ積み上げていくごとに、自分が完璧になっていくことを実感できるのだから。

あの日から私はずっと、欲しい物を手に入れ続けた。奪われるのではなく、奪う側として、理不尽であり続けた。吸血姫《きゆうけつき》と呼ばれてからも、ずっと。

今回だって、同じこと。どれだけ彼女が嫌がっても、無理矢理にでも私のものにする。

彼女が嫌がっても、それはほんのひと時のことだ。じっくりと時間をかけて、私から離れられなくしてしまえばいい。

そうすればほら、結果としては両思い。誰もがうらやむ金と銀のつがいの出来上がり。

過程は問題じゃない。障害は丁寧にすり潰せばいい。大切なのは結果。

最後にあの子が私のものになっていれば、それでいいのだ。

「待っていてね……いいえ。迎えに行くわよ、アルジェント・ヴァンピール！　あはっ、あははははっ……♪」

映し出される虚像の花嫁を撫でて、私は心の底から笑う。

欲しい物がもうすぐ手に入る。その愉悦に浸って、高らかに。理不尽に。

84　絡み酒の先輩

「だからね、アルジェ。吸血鬼っていうのはふつうの生き物よりずっと長く生きるから……ねぇ、聞いてる？」

「あ、はい。聞いてます。すごく聞いてますよ」

本当は聞き流しているのだけど、そう言って頷いておくことにする。

レンシアから戻って晴れて自由の身になった僕たちは、サツキさんの家であり、お店でもある喫茶店、メイに戻っていた。

メイの入り口には休業札がかかっていたけれど、ちょうどサツキさんが外に出ていて鉢合わせしたので、そのまま居住区に導かれた。

今、その居住区の居間にあたる部屋ではアイリスさんが大量のおつまみとお酒を並べ、酒盛りをしている。

つまり僕たちは帰って早々、酔っぱらいに捕まってしまったということだ。

「アイリスちゃん、飲み過ぎるのはいけませんよ。遮光してるとはいえ、まだ日中なんですから」

「サツキも付き合ってよぉ……」

「いくらアイリスちゃんの頼みでも、全力でお断りします。王国語で言うとヤンキーゴーホームです」

共和国語と王国語が混ざったためか微妙に言語翻訳が変な感じになっているけれど、とにかくサツキさんはお酒を飲まないらしい。

断られた方のアイリスさんは頬を盛大に膨らませて、不機嫌を示す。

「むうう……ボク、ひとりで飲んでるんだけど？　見てのとおり寂しいんだけど？」

「吸血鬼は基本的にお酒に弱いんです。知ってるでしょーが」

「そうなんですか？」

「ええ、まあ……アイリスちゃんは特例です。ふつうの吸血鬼はお猪口《ちょこ》一杯でダウンするほどお酒に弱いのが普通なので、アルジェちゃんも迂闊《うかつ》に飲んではいけませんよ？」

理由が気になる情報だけど、サツキさんが珍しく真剣に話すので、素直に頷いておいた。

吸血鬼はお酒に弱い、か。覚えておいた方がいいのかもしれない。

ちなみにクロさんは帰るなり、逃げるようにお散歩に行ってしまった。

どうやら酔っぱらいの厄介さを知っていたようだ。蜜喰いのお肉はサツキさんがしっかり受け取っている。

元々フレンドリーなアイリスさんだけど、お酒が入るとそれが加速するらしい。

正直なところ絡み酒は面倒くさいので放置してお昼寝でもしたいのだけど、そうするとなにをされるか分からないので、仕方なく付き合っている。

クズハちゃんは僕と一緒にテーブルにはついているけれど、明らかにアイリスさんの話をスルーして、おつまみを夢中でつまんでいる。レンシアからここまでの移動で、だいぶお腹を空かせていたらしい。

移動中の食事が保存重視のパンなどで質素なものだったので、仕方ないか。クズハちゃん、よく食べるし。

テーブルに並べられたおつまみはどれも絶品で、なにを食べても外れがない。お酒に合うように味は濃いめで、自然とお箸が進む。

感心する僕の気持ちを代弁するように、クズハちゃんが満面の笑みで、

「サツキさんのお料理、おいしいですの！」

「ふふ。それはよかった。あ、これなんてオススメですよ。甘辛系のソースで麺と具材を味付けしたもので……ええ、ヤキソバって言うらしいのですけど。アルジェちゃんもどうですか？」

「ええ、おいしいです」

妙に馴染み深いメニューがいくつか交ざっているけれど、それもまたいい感じだ。

すべてサツキさんのお手製らしいけど、どこでレシピを知ったんだろう。

和服などを見る限り、この異世界には僕のいた世界と似た文化が多い。自然と発達したのか、それとも僕以外に転生した人がいて、その人が持ち込んだのか。

どちらにせよ懐かしい味を嫌がる理由はない。素直に味わっていると、アイリスさんがお酒臭い

溜め息を吐いた。

「はあ、シノがいればなぁ……」

「シノって……従業員さんですか？」

「ええ。シノ・イチノセ。うちのバリスタ、つまりコーヒー担当ですね。昨日は帰ってたんですが、いい豆を探してくるとか言って、旅行に出て行きまして……アルジェちゃんに会えなくて残念がってましたよ」

「はあ、そうなんですか」

ちょうど入れ違いになってしまったらしい。どんな人なんだろう。

このお店の人たちは悪い人ではないけどクセが強いので、シノさんという人もそうなのかな。

「そういえば、議会の人から聞いたんですが……アキサメさんに付き添って、レンシアの視察についていったんですよね？」

「あ、はい。いい所でした」

「ふふ。そうでしょう。あそこはいい蜂蜜が毎年採れますし、のどかですからね。それじゃあサツキちゃんが一丁、レンシアの蜂蜜を使ったケーキでもお作りしましょうか」

サツキさんが微笑んで立ち上がって――そこで来客を示すベルの音色が響いた。休業札こそかかっているものの、鍵はしていないらしい。

喫茶店を抜け、居住区まで響いてきた音にもっとも敏感に反応したのは、やはり店主のサツキさんだった。

「少し待っててくださいね、ご用件を聞いてきますので」

「今日はお休みなんだからよほどのこと以外は断ってよね、サツキ」

「分かってます、分かってますとも。一応このあと、先日届けた街道の補修の件で、商業ギルドにも顔を出さないといけませんしね」

ひらひらと手を振って、サツキさんがテーブルを離れる。その後、数分と経たずに戻ってきた。

戻ってきたサツキさんはこちらに笑みを浮かべて、

「アルジェちゃんにお客さんですよ」

「僕に……？　分かりました。ありがとうございます」

お客さん。そう言われて真っ先に思い浮かぶのはゼノくんだ。

彼が商業ギルドに戻るまでにはまだ日があるはずだけど、早めに戻ることだってあり得る。そうなれば言伝《ことづて》が届くはずだ。

僕がどこに滞在しているかは教えていなかったけれど、商業ギルドではフミツキさんと一緒にいた。ここにいることは、あの場にいた人ならある程度予想がつくだろう。

酔っぱらいから逃げる理由にもなるし、ちょうどいいか。そう結論して、僕はお客さんを迎えることにした。

予想通りの相手なら、あのときの恩をきちんと返さなくちゃ。

登場人物　サツキ、アイリス

名前：サツキ・イチノセ
種族：吸血鬼
身体能力：バランス

技能
吸血2
言語翻訳4
日照耐性7
聖属性耐性6
魔法耐性2
風魔法5
闇魔法3
回復魔法2

ブラッドボックス4
血の契約3
霧化4
食材鑑定7

☆一言
「永遠の十七歳！　吸血パティシエサツキちゃんとは私のことですよー!!」

☆詳細
共和国の首都、サクラノミヤにて喫茶店メイを営む女店主。

着崩した和服にワガママボディ、黒髪ロングに赤い花の髪飾りという妖艶な見た目に反して、ノリは非常に軽くてフレンドリー。

本人曰く「永遠の十七歳」だが、共和国建国時からお店をやっているらしいので、実年齢は間違いなく三桁である。

お店のケーキはすべて自分のレシピによるもので、その味を求めて国外から通いつめるものもいるほどの腕前。

不定期で食材を探しに行ったり、骨休めのために旅行に行くため、そのときは休業となる。

日照耐性と聖属性耐性が高く、直射日光さえ避ければ日中でも外を出歩けるという稀有な吸血鬼。

食材鑑定は食材を調理せずとも詳細を知ることができる珍しい技能。

7であれば味だけでなく、栄養価や毒素の有無、最適な調理温度なども一目で看破する。
☆吸血鬼コメント
アルジェ「ここまでサイズ比が違うと、ちょっと理不尽なものを感じます」

名前：アイリス・イチノセ
種族：吸血鬼
身体能力：種族特性特化
技能

吸血6
ブラッドアームズ3
ブラッドブースト3
ブラッドボックス5
ブラッドリーディング2
霧化3
蝙蝠化4
影化2
闇魔法3
闇魔法耐性7
呪い耐性5
腕力強化6
嗅覚強化3
聴覚強化3
視覚強化3
契約魔具《アーティファクト》

巡り花護《かご》

☆一言
「やれやれ。サツキのお人好しには感心するよ」

☆詳細
共和国の首都、サクラノミヤの喫茶店メイで軽食作りを担当している従業員の吸血鬼。

相方のサツキとは真逆に金色の短髪と、細身の体躯《たいく》をしている。着けている青い花の髪飾りを含め、対照にして対等の存在。

性格もサツキとは反対に落ち着いているものの、いたずら好きな一面も。

技能は吸血鬼の種族技能、特性に特化している。特にブラッドブーストは、血を与えた相手の能力を引き上げる珍しい技能。

魔具《アーティファクト》の巡り花護《かご》は、中に入っている間あらゆる物理、魔法、現象に至るまでを遮断する、究極のシェルターと言えるもの。

ただし、一度入ったら誰かに開けてもらわない限り永遠に外に出ることはできない。入っている間、契約者の意識はなくなる。

使い勝手の非常に悪い魔具《アーティファクト》であるが、日中もサツキと行動をともにする手段として愛用している。

サツキと同じイチノセ姓を名乗っているが、これは彼女たちにとっては家族の証のようなものらしい。

酒に弱い吸血鬼にしては珍しく、非常に酒に強く、酒豪。ただし若干絡み酒である。
☆吸血鬼コメント
アルジェ「サツキさんのストッパー役のようにも見えますけど、本人も結構好き勝手に暴れる人です」

85　訪問者の頼みごと

僕を訪ねてやってきたのは、意外な人物だった。

「こ、こんにちは」

ぺこりと頭を下げるのは、昨日別れたばかりの人。

レンシアの村長さんの娘――たしか、レンゲさんと言ったっけ。

「レンゲさん、ですよね。どうかしたんですか？」

「あ、いえ、ちょっとお話ししたいことが……」

「おやおや、ガールズトークですか？　それじゃあサツキちゃんは邪魔にならないようにお茶だけ出して引っ込みますので、適当なテーブルにかけてくださいな」

「すいません、サツキさん」

「いーえいーえ。貴女のところの蜂蜜はいつも質がいいですからね。これくらいはサービスですとも。それでは～♪」

言葉通り、サツキさんは一度お店のキッチンに戻ってお茶を用意してからテーブルに並べると、すぐに居住区に戻っていった。

残されたのは僕とレンゲさん。そして、自然とついてきたクズハちゃんの三人だ。

レンゲさんは神妙な顔つきで、お茶に映る自分を見つめている。思い悩んでいる、という感じだ。特に急いでいるわけでもないので急《せ》かさずに、ゆっくりとお茶を飲んで言葉を待つ。サツキさんの腕は疑うまでもなく、これも美味しいお茶だった。

ほどなくして、相手がゆっくりと口を開く。

「実は……もう一度、レンシアに来てくださらないかと思って、こうしてお願いに来ました」

「もう一度？　昨日戻ってきたばかりですのに？」

「はい……」

クズハちゃんの疑問符に、レンゲさんは申し訳なさそうに眉尻を下げて、頷く。

こちらを窺うような視線を送ってきながら、彼女は話を続ける。

「……あの、昨日の蜜喰いの件なんですが、あれは自然に発生したものではなかったみたいなんです」

「はあ、そうですか」

告げられた言葉に、驚くことはなかった。

僕は蜜喰いという生き物を見たのは昨日がはじめてだけど、クズハちゃんたちは蜜喰いたちの行動に違和を感じていたからだ。

蜜喰いたちの異常な行動が、なんらかの魔法や、僕の血の契約と同じように生き物を操ることができる技能でそうなるように仕向けられたのだとしたら、納得はできる。

「蜂蜜を狙う盗賊たちがいて……彼らは蜜喰いを魔法で操って暴れさせ、その混乱に乗じて、蜂蜜を盗んでいたんです。そのことに、昨日気がついて……」

「盗賊……ですか」

盗賊と言われて、頭の隅を濃厚な三人組がかすめたけど、たぶん違う。

テリアちゃんたちならもっと正攻法というか、ここまでまどろっこしい手は使わない気がする。

あの芸人さんたちは見た目よりずっと律儀な性格をしている。やるなら正面から堂々と不意を打つ。そういう人たちだ。

だとすると別の盗賊の仕業ということになるけれど……どうなんだろう。

「お願いします、もう一度レンシアに……私たちを助けてください」

「はい、お断りします」

「……えっ？」

「ですから、お断りしますってば」

気にはなるけど、だからってそんな面倒くさいことはごめんだ。

恩があるわけでもないのに、どうして僕がそんなことをやらなくちゃいけないのか。

さっき帰ってきたばかりでお昼寝もまだなのだ。断るのは当たり前だろう。そんな「予想外に断られた」みたいな顔されても困る。

「ちょ、ちょっとアルジェさん!?」

「そういうことって、アキサメさんに頼むべきだと思いますよ。傭兵《ようへい》制度みたいなものもあるようですから、そちらでもいいですし」

「……言われてみれば、確かにそうですわね」

慌てた様子で立ち上がったクズハちゃんが、僕の言葉で冷静になる。

そう。問題が起きたのならそれ専門のプロに頼むなり、自分の国の行政に報告するなり、きちんとしたやり方があるのだ。

昨日会ったばかりの僕たちに、そんなことを頼む理由が不明すぎる。あと面倒くさい。

「う、それは……アキサメ様に頼むと、どうしても問題として大きくなりますし、うちは小さな村で、ランツ・クネヒトを雇うような余裕もありませんから……」

「なるほど。でも、僕には関係ないですから」

「そ、そんなっ！　お願いします、お礼はしますから……！」

「お礼と言われても、特にほしい物とかありませんし」

……やけに食い下がりますね、この人。

なにかが引っかかる。

その引っかかりは「どうしてここに来たのか」から、「どうして僕でなければいけないのか」という疑問に変わっている。

彼女の様子は、なにかが変だ。

言ったこと自体は嘘ではないように思える。アキサメさんに頼って話が大きくなると蜂蜜の商品価値が傷付く可能性もあるし、小さな村でそんなにお金がないというのも、理解はできる。

でも、なにかがおかしい。

それこそ繋がりがあるという意味なら、サツキさんに頼るのだって有りなのだ。

お互いに知り合いのようだから頼みやすいだろうし、サツキさんはいい人だから、そういうお願いごとを断らないだろう。

まるで僕でなければいけないような、僕を連れて行くことしか考えていないような。そんな違和感がある。

真剣に見えるけど、なにかが欠けてしまっているようにも見える、妙な違和感だ。

もしかすると、アキサメさんや取引相手には伏せておきたいくらいのなにか——その解決のために、都合よく僕たちを使おうと考えているのかもしれない。

「……あの、アルジェさん」

「なんですか？」

「なんというか……ここまで頼んでいるのですから、聞いてあげてもいいと思いますわよ？　すぐに解決して戻れば、その、アルジェさんの待ち人とも会えると思いますし」

どうやらクズハちゃんは、僕がゼノくんと会う時間を気にしていると勘違いしているらしい。

実際は純粋に面倒くさいからなんだけど、勘違いを正すのも面倒なので放っておこう。

ただ、このままだとクズハちゃんはひとりでもレンシアに行ってしまいそうだ。

彼女の戦闘力の高さは知っているので行かせても問題ないとは思うのだけど、レンゲさんの様子がおかしいのが気にかかる。

もしかすると面倒事が待ち受けているかもしれないところに、子供をひとりで行かせるのは不安だ。クズハちゃんの戦闘力の高さは認めるけど、注意力に関してはかなり怪しいのだから。

「……そうですね。お礼と言いましたけど、具体的にはなにを?」

「私と、村にできることならなんでも」

「そうですか。それじゃあ……このお店に、今後もっと安く蜂蜜を卸してもらうことはできますか?」

「……分かりました。お父様も、村が助かるなら嫌とは言わないと思います」

サツキさんにはここまで、宿や食事、街の案内など、随分とお世話になっている。

本人と従業員さんたちはそれを「気にしなくていい」と言うのだろうけど、僕にとってはすでに恩と呼べるくらいのものになってしまっている。

彼女がサツキさんの取引相手なら、今後それを有利にさせてもらえることは十分に恩返しと言えるはずだ。

面倒だし、懸念というか不明なところはあるけれど、クズハちゃんをひとりで行かせる方が不安だし、恩返しができるならそれもありか。

多少の面倒事なら、僕とクズハちゃんのふたりで難なく解決できるだろう。さっさと済ませて戻ってくればいい。

いつまでも食い下がってこられるのも、それはそれで面倒だしね。

「分かりました、それじゃあ、もう一度レンシアに行きましょう」

「アルジェさん……！」

「あ……ありがとうございます!!」

「レンゲさん。ここまでは馬で来たんですか？」

「はい。村で一番早い子を飛ばして……クロさんが一緒なら、きっとここにいると思って」

「それは良かった。僕らも馬を使って行きますから、道案内をお願いしますね」

馬車での移動は一日がかりだったけど、あのときはかなりゆったりとした旅だった。おそらくはアキサメさんに対する気遣いだろう。

ネグセオーに乗って身軽に行けば、先日よりもずっと早く移動できる。今からなら、日付が変わる前には着くかもしれない。

「一応、サツキさんに商業ギルドに言伝を頼んでから行きましょうか、クズハちゃん」

「了解ですの！」

長引かないとは思うけど、ゼノくんが早めに戻っている可能性もある。

サツキさんは商業ギルドに用があると言っていたし、僕たちがどこに向かうのか、ついでに知らせておいてもらおう。

「ふふふ。やっぱりアルジェさんは優しいですのね！」

「……そんなことはないと思いますよ」

別にレンゲさんのためを思って行動しているわけではないのだから、優しいのとは違う気がする。

僕の目的はサツキさんたちへのお礼と、友達をひとりで行かせるのに不安があるからだ。

自分の理由で言うことを変えたのだから、自分勝手もいいところだと思うのだけど、クズハちゃんはなんだか嬉しそうにしている。

友達の態度を不思議に思いつつも、僕はそれ以上なにも言わないことにした。

86 金色

レンシアに到着したのは、予想通りの時間帯。夜が深まった頃だ。

ここまでかなり速度を出してきたので、さすがにネグセオーの上で眠ることはできなかった。

正直なところかなり眠いので、一度ゆっくり睡眠をとって、それから解決に乗り出したいところなんだけど――

「――妙ですね」

村が静かすぎる。

時間帯は深夜で、規模としては小さな村だ。静かなのがふつうなのだろうけど、これは少し行き過ぎている。

音だけでなく、人の気配すら感じられない。静寂と言ってもいいほど、村は静まり返っている。

甘い花の香りすら、不気味さを強調するような空間が、そこにあった。

「レンゲさん、これは……？」

「……ごめんなさい。こうしないと、ダメだったんです」

「……どういうこと、ですの？」

子狐の姿で僕に抱かれているクズハちゃんは疑問符を浮かべるけど、僕の方はなんとなく予想がついた。

やはり、なにか面倒事があったのだ。

「ひゃっ……!?」

懐の小さな狐を抱えて、跳ねるように飛んだ。ほんの少し空中に身を置いて、柔らかな土の地面を踏み、着地する。

「ネグセオー、離れていてください」

「承知した」

お互いに繋がりがあるから、細かく言わなくても意図は伝わる。こういう時、契約しているというのはすごく便利だ。

僕の言葉と望み通り、ネグセオーが村から離れていく。続いてクズハちゃんを腕の中から解放すると、彼女は素早く人型に戻った。

クズハちゃんは尻尾と耳の毛を逆立てて、警戒状態になっている。さすがにここまでの動きで、今の状況が危険だということくらいは理解したらしい。

「……ごめんなさい」

謝罪を口にして、レンゲさんが僕らを見る。

こちらに向けられてきたのは、明らかに焦点の定まっていない瞳だった。蜂蜜のような黄金の瞳に、意思が灯っていないのだ。

厄介事が、予想以上に厄介だった。そのことにげんなりしながらも、僕は考えを巡らせる。

……たぶん、なにかに操られてるんでしょうね。

蜜喰いは盗賊に操られていたと、彼女は言った。

操れるのが、操られているのが蜜喰いだけでなかったとしたら、目の前の状況には納得がいく。

納得ができないのは、どうして僕をここに呼び寄せたのかだ。

村の人たちを意のままにできるのなら、外部の人を呼んでしまうのは危険なだけなのに、どうして僕たちをここまで連れてきたのだろう。

事実、アキサメさんが視察に来たときに蜜喰いたちを動かしたのは、自分の存在を隠すためのはず。

そうして一度隠蔽《いんぺい》したものを暴いてまで、僕たちを連れてきた理由が分からない。

「アルジェさん、あの人……」

「ええ、たぶん操られてます。治しますね」

クズハちゃんに答えつつ、僕は手をかざす。

呪いのせいか魔法のせいかは不明だけど、レンゲさんは明らかになにかの影響を受けている。それを取り除けば、状況も少しは分かるだろう。

魔力を練り、魔法を使う準備を整える。

身体に巡る魔力の流れを感じるのは、転生してから何度となくやったこと。もはや慣れたと言ってもいい。

あとは発動の鍵となる言葉を紡げばいい。息を吸って、言葉を――

「――止めておいた方がいいわよ?」

「っ……!?」

ぞわりと、背筋が寒くなった。

集中が一瞬で霧散して、発動しかけた魔法をキャンセルしてしまう。

耳を撫でた声は、ひどく熱っぽくて恍惚としたような声だった。

声がした方向に、後ろに振り向く。

そして、僕は金色を見た。

「こんばんは」

夜の闇に敷き詰められた金は、ふたつにまとめられた髪の色だった。

蝙蝠《コウモリ》型の髪飾りで彩られた金髪を惜しげもなく夜闇と、黒のドレスに乗せた少女。瞳は鮮血のように紅で、紛れもなく、彼女が僕と同じ存在だと示している。

白い肌を割くように歪んだ笑みから覗く牙も、やはり、吸血鬼特有の尖ったもの。

紅い瞳をどろりと溶かすように細めて、彼女は僕を見た。

その視線は熱いというよりも、粘っこい。今まで感じたことが無いような視線だった。

……なんですか、この人。

目と目を合わせた瞬間に、危険を感じた。

ぶるり、と耳の先までが震える。夜の空気がやけに冷たく感じられる。

見た目は僕と同じ少女、それも絶世の美少女と言ってもいい。銀色の僕とは真逆に、金色をした、完璧な美少女だと思う。

けれど、中身は少女なんて可愛らしいものではないことは明白だ。

僕だって中身は少女とは言えないけれど、彼女はもっと、僕よりも異質ななにかに思える。

吸血鬼としての本能なのか、それとももっと別のなにかなのか。明らかな危険を感じて、僕は身をこわばらせた。

そんな僕の緊張を知ってか知らずか、金色の吸血鬼はひどく楽しそうに僕に語りかけてくる。

「その子の呪いを無理に解こうとすると、死んでしまうわよ？　そういう呪いだもの」

「……あなた、は？」

「そう、私。私の名前を聞きたいのね！　ええ、それじゃあよく聞くといいわ、私の花嫁！　これからずっと、毎日、愛を込めて呼ぶことになるのだから!!」

わけの分からないことを言いながら、ドレスを翻《ひるがえ》して、彼女は夜に舞った。

跳ねるようにステップを踏んで、上機嫌で僕の目の前までやってくる。

身長はほぼ同じ。真正面から射抜かれるように、同じ色の瞳を向けられる。

「エルシィ。それが私の名前よ」

「っ……！」

語られたのは、聞き覚えのある名前。

エルシィ。サクラザカで聞いた、温泉に呪いをかけた吸血鬼の名前だ。

この状況を作ったのも、やはり彼女なのだろう。もちろん、レンゲさんに僕を連れてこさせたのも。

懸賞金がかかっているほどの危険人物が、僕になんの用だろうか。

花嫁とか言っているようだけど、さっぱり意味が分からない。

分かるのは、目の前の人物が危険だということだけだ。迂闊《うかつ》に動くとなにをされるか分からない、そう感じるほどに。

「……貴女は!!」

動けない僕とは違って、動ける狐がいた。

彼女は相手の、エルシィさんの所業を知っている。そしてそれに明らかに腹を立てていた。

クズハちゃんは分身を一瞬で済ませ、三人になる。

三匹の狐、三倍の戦闘力。多重方向からの打撃が、金色を食いつぶすように囲んだ。

「あはっ……激しいのね」

相手の口元が笑みで歪み、かき消えた。

霧化。僕もよく知っている吸血鬼の固有能力が発動して、相手の姿がかき消える。

目標を失ったクズハちゃんとふたりのブシハちゃんは、即座に攻撃を中断して周囲を見渡した。

「どこに……!?」

「こっちよ、こっち」

楽しげな声が夜闇に通る。

声がしたのは、レンゲさんのいる方向。霧が集まって、再びエルシィさんが形を成す。馬の上、レンゲさんの隣に寄り添うように現れる。

現れたエルシィさんは、虚《うつ》ろな瞳をしたレンゲさんのほっぺに楽しそうに指を這わせた。

「落ち着いて、少し話しましょう?」

そう言いながら、彼女の指はレンゲさんの首に添えられている。

細い指だ。だけど、見た目通りの力ではないことは明白。

僕やクズハちゃんがなにかをするよりも、きっと彼女が指に力を込める方が早いだろう。

「……クズハちゃん」

「……ええ、分かってますわ」

話しましょうなんて誘っているような言葉を使っているけれど、その実はただの脅しだ。

レンゲさんは僕にとってはどうでもいい人だけど、その命が失われたとして、僕に責任は取れない。

素直に従うしか、今の僕たちにできることはないのだ。

金色の吸血鬼が、僕たちを見てにたりと笑った。

87 深夜の求婚

「美味しいわよ、貴女たちもどう？」

そう言ってエルシィさんは首を傾《かし》げるけれど、僕とクズハちゃんはお茶とお茶菓子に手を付けずにいた。なにが入っているか分からないからだ。

毒にも呪いにも耐性がある僕だけど、それでも警戒せずにはいられない。

クズハちゃんの方は僕以上に、お茶を楽しむなんて気にはなれないだろう。

食い意地の張っている彼女がお茶菓子に目もくれず、エルシィさんをにらみつけている。当たり前だけど、相当怒っているようだ。

……サクラザカの件もありますからね。

少し前に訪れたサクラザカという町で、エルシィさんは山に住む大猿の魔物、ハクエンたちを傷付け、メスと子供を攫《さら》い、更には観光資源の温泉の流れを呪いによって止めていた。

それを知ったときのクズハちゃんは相当怒っていた。彼女の態度がトゲトゲしくなるのも、仕方がないことだろう。

警戒と敵意。二種類の嫌悪を向けられても、エルシィさんは涼しい顔だ。すらりと伸びた牙をこちらに見せつけるように笑い、言葉をよこしてくる。

「そんなに怖がらなくても、毒や呪いなんて仕込んでないわ」

「それ、隣にいる人を見てから言ってくれます？」

「そうですの。信用できるわけがありませんわ！」

「この子たちは数が多いもの。貴女たちは特別待遇なの。そんなつまらないことはしないわ」

こちらの返しを軽く受け流し、エルシィさんは自分の隣に座るレンゲさんの顔を撫でた。

今、僕たちがいるのは村長さんの家だ。

昨日アキサメさんと来たときには質素であたたかみのあったリビングは、ひどく様変わりをしていた。

戸棚やカーペット、カーテンに至るまでなにもかもが派手できらびやかなものに変わっている。

外見こそただの少し大きな木造平屋だけど、中身はまるでお城の中のような、ちぐはぐな風情。目がちかちかする。

「偶然、ここの蜂蜜を採りに来ていてね。貴女がサクラザカにいて、サクラノミヤに来ていたことは知っていたけど……あの人狼に攫われてから行方が分からなかったから、助かったわ」

「僕を、見ていたんですか？」

「ええ。サクラザカの『桜湯の庭《おうとう》』。そこで楽しそうにしている頃から、私の下僕に監視させていたのよ？」

随分前、それこそこちらが彼女の存在を知る前から、僕は監視されていたらしい。

確かに『桜湯の庭』ではクズハちゃんがかなり騒いだので、僕たちはかなり目立っていた。

サクラノミヤではクロさんに攫われるように連れて行かれたから、そこで一度見失ったのだろう。

そしてレンシアで、再び僕を見つけた。

けれど、どうして監視なんてしていたのだろうか。同族のことが気になった、なんて理由ではない気がする。

金色のツインテールを揺らして、エルシィさんはもう一度カップを傾けた。

ほっそりとした喉が動き、こくりこくりとお茶を飲む仕草はとても優雅で、非の打ち所のない美しさを持っている。

やったことを知らなければ素直に見惚れられるくらい、彼女は美少女だった。小さく溜め息を吐いてカップを置くまでの動作を、自然と静かに眺めてしまうくらいには。

「もっと言えば……貴女がミノタウロスを守った頃から、ずっと探していたのよ？」

「もしかして……あれは、貴女が命令したんですか？」

僕が転生して、しばらく経った頃に立ち寄った森が密猟者に襲われたことを思い出す。

相手はこちらの疑問に対し、落ち着いた様子で答えてきた。

「ええ。食べてみたかったの。ミノタウロスのお肉をね。残念ながら、手に入らなかったけれど……もっといいものを見つけたから、いいわ」

ぐにゃりと瞳が細められ、視線がこちらに向けられる。

背筋に走った不愉快さで、僕はようやく理解した。

少し前に彼女に見つめられたとき、今まで感じたことがない視線だと思った。アルジェント・ヴァンピールとしてだけではなく、玖音銀士《くおんぎんじ》としても、向けられたことがない視線だと。

分からないはずだ。分からなくて当たり前だ。

好意でも、奇異でも、まして使えない歯車を見る目でもない。

彼女が僕を見る目、それは玖音の家とは真逆のものだ。

必要なものを――どうしても手に入れたいものを見る目。

執着の視線を隠す素振りすらなく、いっそいやらしさすらある瞳でこちらを眺めて、エルシィさんが言う。

「本当に、まるで私のために生まれてきたかのような銀色ね」

「どういう意味、ですか?」

「怖がらなくていいの。貴女はただ、私の花嫁になればいいだけなんだから」

「……そうですか、お断りします」

言っている意味は相変わらず分からない。

花嫁と言われても、そもそも同性だ。僕の中身は男だけど、流石に向こうもそれは知らないはずなので、つまり同性として求婚されている。

正直なところ、ほんの一瞬だけ「悪くないかも」と思ってしまった。拒否を即答できなかったのは、そのせいだ。

玖音の家が僕に向けた瞳と真逆なら、彼女は僕のことを求めている。

受け入れさえすれば、あとは生活の面倒を見るくらいはしてくれるだろう。

ある意味では僕の旅の目的、その終着点とも言える、相手の望み。

それを理解しながらも、僕は受け入れられなかった。

……嫌な感じがします。

相手の所業、口調、態度、そしてそれらの情報から垣間見える性格から見て、明らかに彼女は危険人物だ。

そんな相手の誘いに乗っても、なにをされるか分からない。ほんの一瞬感じた魅力を振り払うように、僕は否定を口にした。

「……ふふっ。あはっ、あははっ！」

明確に拒否したのだから、怒ると思っていた。

実際に返ってきたのは、その逆。エルシィさんは笑ったのだ。それも、ひどく楽しそうに。

「ええ、そうね、そうでしょう。そうじゃないと……つまらないもの」

「っ……！」

「いいわよ、私の花嫁。たくさん反応してちょうだい。拒否して、否定して、抗って、暴れて？

全部受け止めて……諦めさせてあげるから」

紅い瞳に射抜かれる。

ぞわりと一際強い寒気を感じたのは、視線のねちっこさのせいだけじゃない。

相手の肉体から、膨大な魔力が噴き出したからだ。

景色が歪んでいるかのように錯覚するほどの濃密な気配。単純に敵意を向けられるよりも、ずっと危険を感じる。

僕だけでなくクズハちゃんも椅子から立ち上がって、すぐさま距離を取った。

「ふふ、抗っていいわよ。大丈夫、人質なんて取らないわ。でも、貴女たちが逃げたら——そのときは、この子たちのことは保証しないけれど」

言葉が終わった瞬間、周囲から壁が消えた。

それだけでなく、テーブルやクローゼットといった調度品も跡形もなく消えてしまう。

この現象には覚えがある。というよりも、僕がいつも使っている。吸血鬼が持つ収納系技能、ブラッドボックスだ。

けれど、手を触れることなくこれだけの物体を一度に保存するなんてこと、技能レベルが最大の僕にもできない。

「これは……どうやって……?」

「広々とした方がいいでしょう?」

同時に多数の物体を接触せずに収納する。どんなカラクリがあるのかは分からないけれど、とにかく相手は、それをやった。

転生してデタラメな力を授けられた僕にすらできないことを、平然とやってみせ、そして、まだ終わらない。

エルシィさんが優雅な動きで、金色の髪をかきあげる。その髪の隙間から、ルビーのような紅色の雫《しずく》がこぼれた。

鼻に触る匂いは僕がよく知るもの。血液の匂いだ。

涙型の、結晶化した血液とも言うべきものが地面に己をぶつけ、弾ける。

赤色の破片は空に舞い、けれど、重力に逆らった。空中で霧のように霧散したのだ。

「ブラッドケージ」

耳に届く言葉に驚くことはない。知らない単語だけど、ただそれだけだ。これから起こることに目を向ける。明らかに、なにかが起きると分かっているから。

霧になった赤色が膨れ上がり、集まり、形を成していく。

それは血液から武器を造り出す技能である、ブラッドアームズに似ていた。

けれど現れたのは、剣でも、槍でも、弓でも、まして僕がいつも造る鎖でもない。

「なんですの……!?」

「……悪趣味ですね」

形作られ、咆哮《ほうこう》するのは、どこか不揃いな生き物たちだ。

あるものは頭をふたつ持った、巨大な犬のような姿をしていた。

またあるものは鷲《わし》のような羽を持ち、蛇のような胴体と、ライオンのような頭。

二足歩行のトカゲのようなシルエットに、タコのような触手を背中から生やした生き物もいる。

右と左で、明らかに翼の大きさや足の長さの違う、説明しづらい姿をしたものもいた。

現れた生き物たちのどれもが、ひとつとして同じ姿を取っていない。まるで玩具箱の中から違う玩具を取り出して無理矢理ひっつけて作ったような、ひどくまとまりのない生き物たちだった。

……生き物を収納する技能もあるんですか。

ブラッドケージ。転生前に見た初期習得可能な技能の中に、そんな名前はなかった。

恐らくはアイリスさんのブラッドブーストと同じで、珍しいか、修行しないと手に入らないような技能ということか。

「……あれは」

そうして現れた生き物の中で、目を引く存在がいた。姿に見覚えがあったからだ。

蜜喰いのように、クマに似た身体つきをした生き物。けれど腕はまるで大型の猿——それも、白い毛並みをした、大猿の腕だった。

あれを僕は知っている。サクラザカで、温泉の湧く山で、一度見たことがある。

僕と同じものを見たクズハちゃんが、呆然とした声をあげた。

「ハクエンの腕……!? まさか、その魔物たち……貴女が造ったんですの!?」

「あはっ、大正解！ その子たちは私の作品で、可愛いペットよ！ さあ、遊びましょうか……そして、結婚しましょう!?」

「意味が分かりません。再度、お断りします」

「分からなくてもいいわよ？　分からせてあげるから……！」

愉しげな声が夜に通る。

それを合図とするように、魔物たちが一斉に動き出した。

話が通じない相手と、意味不明な展開。なにより目の前にいるのは、間違いなく僕がこの世界に転生してから一番の脅威だ。

嫌なものを感じながらも、目の前の状況に対応するために、僕は一歩を踏み出した。

88　金と銀

「バンダースナッチ、邪魔だからその子を連れて行って！　他の子は子狐の相手をしてあげなさい！」

エルシィさんの言葉通りに、改造魔物ともいうべき生き物たちが動いた。

バンダースナッチと呼ばれた双頭の大型犬が、うつろな瞳のレンゲさんを背中に乗せ、その場を離れる。それ以外はすべて、クズハちゃんへと殺到した。

「風さん――」

「――貴女の相手は私でしょう？」

「っ……！」

魔法を行使しようとした瞬間、目の前で金髪が揺れる。

意識が逸れた一瞬を狙って、踏み込んでこられたらしい。

危険を感じた僕は、速度ステータス任せにブレーキをかけ、そのままバックに移行。結果としてエルシィさんから距離を取れたけど、クズハちゃんとも離れてしまった。

「アルジェさん、こちらは大丈夫ですの！　すぐにそっちに行きますわ……！」

僕が離れたのと同じように、クズハちゃんの方も多数の敵に押されるようにして、こちらから離れていく。

……分断されましたか。

明らかに意図的に、クズハちゃんと位置を離された。

目測で数メートル、お互いに詰めようと思えば一瞬でゼロになる距離を挟んで、僕たちは相対する。

蜂蜜を垂らすように甘ったるい、うっとりとした声がこぼれた。

「あはっ……これで二人っきりね♪」

「そうですね、もう帰っていいですか？」

「ふふ……だぁめ。呼吸が止まるまで、あ、そ、び、ま、しょ？」

残念ながら否定された。もともと見逃してもらえるなんて期待はしていないけれど。

じわりと、夜だというのに汗が滲《にじ》んでくる。不愉快というよりも、不吉な気配だ。

……落ち着きましょう。

確かに相手は強い力を持った吸血鬼だ。それでも、僕の方だって相当数の技能を、しかもカンストで持っている。

勝ち負けを抜きにしても、相手の動きを止めるくらいは十分にできるはず。

落ち着いて相手をして、クズハちゃんを助けに行く。そのためにまず、目の前のことに集中しなくては。

呼吸を整え、気持ちを鎮める。自分の指に牙を差し込んで、押し開く。

甘い血の味が、心を少し落ち着けてくれた。

「ブラッドアームズ、『鎖』」

溢《あふ》れ出した血液を、吸血鬼の技能で変化させる。

ブラッドアームズ。血液で武器を造り出す技能。鎖は武器かと言われると微妙なところのような気もするけど、造れるのだから武器なのだろう。

速度はそれほどでもないけど、遠隔操作もできる鎖。無数に造ったうちの一本を手繰り、僕は駆け出した。手持ちにしなかった無数の鎖は、遠隔操作でぶつける。

「へえ、思ったよりも早いわね」

「すいませんが、ちょっと大人しくしててもらいます」

「ふふ、貴女がね。ブラッドクラフト、『チェーン』」

「……!?」

唐突に、視界に赤色が差し込まれた。

地面から生えるように、血の色をした鎖が大量に現れたのだ。

ブラッドアームズとは違う技能。けれど、同じものを造られた。

見たところ相手は血を流していないけれど、『ブラッド』と付くならやはり同じ、血液を使用する技能だろう。

「シャドウバインド」

言葉が続き、今度は黒が現れる。月明かりに照らされたエルシィさんの影が、形を変えたのだ。

いくつもの真っ黒な手が、触手のように伸びる。

明らかに質量を伴った影が、赤色の鎖を掻《か》い潜《くぐ》るように迫ってきた。

「物理と、魔法による呪い。両方からの拘束よ。抜けられるかしら?」

「……面倒くさいですね」

魔法の方はともかく、物理の方は厄介だ。

僕が耐性を持っているのは魔法や呪いに対してだけ。物理的な攻撃は、避けるか防ぐかしかない。

防ぐ手段として、自分が造った鎖を操作する。相手の鎖にぶつければ、それで防御だ。

やはりこちらの方が基礎的な能力が高いのだろう。こちらの鎖一本に対して、相手の鎖は三本でようやく拮抗《きっこう》している。これなら――

「――増やすわね？」

「っ！　追加発注、お願いします！」

相手の言葉通りにチェーンが増えたので、こちらも鎖を増やした。血液の消費は増えるけど、構ってはいられない。

そうしてお互いの武器同士が拮抗しても、影の方はそうは行かない。耐性はあるけれど、なるべく避けた方がいいだろう。耐性技能が最大でも、一定以上の威力があればダメージになるのは今までの戦いで確認済みだ。

迫ってくる『手』を躱《かわ》しながら、鎖の森を行く。極振りの速度に身を任せれば、そう難しいことではない。

相手と自分の距離を近付けて、鎖を振るう。遠隔操作による補助込みの、捕縛目的の一撃だ。

「ブラッドクラフト、『ミラー』」

「えっ……!?」

唐突に目の前に現れた輝きが、鎖に砕かれた。

舞い散った鏡の破片がきらりきらりと月明かりを撒《ま》き散らす。

乱反射の向こう側に相手はおらず、それを理解した瞬間、言葉が耳に触れる。

「シャドウバインド・カレイドスコープ」

砕かれた輝きの群れから、影が飛び出した。破片に映し出された無数の影が、牙を向いてこちらに迫ってきたのだ。

僕の速度を以ってしても回避できない。避けるだけの『隙間』がない。いくら僕の身体が小さくても、この網を抜けるのは無理だ。

「っ……痛いじゃないですか」

「耐えるのね、さすが私が見初《みそ》めた花嫁！　素敵よ！」

「だから、言ってる意味が……分かりませんってば！」

纏《まと》わりつく影を魔法耐性と呪い耐性で弾きながら、無理やりに突っ切る。

影に絡みつかれた部分は鈍い痛みのようなものを生じ、足が少し重くなっていくのを感じる。やはり完全に防御はできないらしく、ある程度は呪いの影響を受けるようだ。

「痛いの痛いの、とんでいけ」

邪魔っけな呪いを回復魔法で洗い流し、依然として数を増やす影を、今度こそは躱す。足は前へ。声がした方へ。

反射光と影の向こう側で、金色が笑っていた。

「まだまだ、夜はこれからよ？　カースメイカー、『ケージ』」

「……!?」

足元、地面から茨《いばら》のようなものが顔を出した。

見ただけで呪いが込められていると分かるくらいに、強い魔力をまとった似た黒い茨が、僕を囲むようにして伸びる。

黒い棘《とげ》の群れはゆるやかな曲線を描き、やがて僕の頭の上でお互いを喰い合うように縫い合わさった。

「う、くっ……また、面倒くさいことをっ……！」

籠になった瞬間に、身体が一気に重くなる。

いきなり水の中に突き落とされたような不自由さに、僕は顔をしかめた。

「貴女ではなく空間そのものを呪えば、肉体の回復は無駄だと思うのだけど、どうかしら？」

「……抜けます！」

身体を薄め、霧にする。

意識までも希薄になってしまうのであまり使いたくない技能だけど、この檻《おり》から抜ける方が優先だ。このままだとなにもできない。

影化でも抜けられないことはないと思うけど、相手のは影を魔法で操ってきている。影になるのは避けた方がいいだろう。

「一通りの能力は使えるのね。いいわ。それなら少し教えてあげる」

薄い意識、耳がなくなった状態でも、エルシィさんの声が聞こえる。

「技能も、身体能力も、たぶん貴女がほとんど上だけど——それだけですべてを決めることはできないのよ？」

薄まった意識が、引っ張られるような感じがした。

眠りに落ちるときに似た、意識が重くなる感覚。けれど、それよりももっと暴力的だ。

足元から感覚が喰われていくような不愉快さ。うっすらとした聴覚や視覚が黒く塗りつぶされて、止まらない。

形のない喉がねじ曲がり、悲鳴をあげた。

……気持ち悪い、気持ち悪い、キモチワルイ！

「やっ……!?」

底のない沼に沈められるような感覚から逃れるようにして、僕は霧化を反射的に解除していた。

曇りがなくなった視界の中にあるのは、金色の霧。ぐらぐらとした頭で、それがなんなのかを考えて、口にする。

「きり、か……」

「そう、これが私の霧化……びっくりしたかしら？」

金色の霧が収束して、形を組み上げる。

ふわりとドレスを揺らして、再び夜に金髪を躍らせるのは、紅い瞳の少女。

「ブラッドクラフト、『チェーン』」

「きゃっ……!?」

まだ頭がぼうっとしているところを、当然のように狙われた。手足を搦《から》め取られ、自由を奪われる。

それだけでは終わらなかった。鎖は僕の身体を一定の方向に引いた。仰向けに倒れる方向、すなわち、後ろへと。

「ブラッドクラフト、『ベッド』」

声が聞こえたと同時に、背中に柔らかな感触が生まれた。

抱きとめるようにして全身を受け止めてくれたのは、ふかふかのベッド。血で染めたように真っ赤なシーツの上に、鎖とともに投げ出されたのだ。

「知らなかったでしょう？　霧化した吸血鬼同士がぶつかると、意識が混ざるの」

「意識が……？」

「技能の数値も大切だけど……強い意志にぶつかったら、弱い意志は呑まれるのよ」

言われている言葉は単純だ。まだうまく働かない頭でも、理解ができる。

相手の意志の方が強いから、『喰われた』。相手の意志に、自分の意志が塗りつぶされかけたのだ。

僕ほど意志の弱い存在もそうはいないだろう。カラクリを知ってしまえば、こうなるのは当然だと言える。

意識が強く保てない。集中することも、動くこともできない。

そして、ゆっくりと金色が覆いかぶさってきた。

「はぁぁ……ようやく捕まえたわ……アルジェント。うふ、うふふふ……」

「やっ……はなしてくださいっ……」

「だぁめ。もう絶対に逃さない。だって逃がしてしまったら、次に捕まえるのが難しくなってしまうもの……シャドウバインド」

すっかり興奮した様子で、エルシィさんが魔法を使う。

伸びてきた影が鎖の赤を伝うようにして巻き付いてきて、赤黒い拘束になる。

さっきまでの魔法とは少し性質が異なるのか、痛みはない。けれど、魔力をうまく練ることができない。

霧化して融合したときに受けた精神のダメージを、かさ増しされたような感じだ。集中が妨げられる。

なんとか抜けようともがいてみるけれど、力を込めても壊せないし、変化系の技能を使うこともできない。

ただただ、嘲笑《あざわら》うかのように鎖がちゃりちゃりと揺れた。

「お楽しみは、これから……♪」

女の子らしい、細くて薄い爪が添えられて。

その見た目からは信じられないような鋭利さで、クズハちゃんから贈られた和服が引き裂かれた。

89　吸血するということ

「やっ……！」

夜の空気に素肌が晒されて、身体が震える。

露出させられたところを隠したくても、四肢を縛る鎖がそれを許さない。ただ、かすれた音が響くだけ。

じっとりと張り付くような視線で僕を見下ろして、エルシィさんが言葉を作る。

「はぁ……この真っ白な肌……誰の手も入ってない、綺麗な身体……楽しみ、楽しみ！　いいえ、いいえ！　楽しみに、していたの！　今からはもう、お楽しみの時間よ!!」

「っ、いやっ……！」

相手の指が、僕の身体を丹念に這っていく。まるで商品を確かめるような手つきに、ぞわりとする。

そうして身体を好き勝手されているのに、身じろぎをするくらいしかできない。

いつもはふかふかで幸せなベッドが、今はまるで僕を捕まえるための柔らかな檻《おり》みたいで、ひどく不安になる。

「……随分と、無垢なのね」

「え……？」

「それだけの、大物と言える力を備えていながら、まるで心は無垢。生まれたばかりの感情に戸惑う子供みたい」

「なにを、言って……」

「本当の怖さも、本当の楽しさも、本当の気持ちよさも、知らないんでしょう？　大丈夫、私がぜんぶ、教えてあげるから」

「意味が……んんっ!?」

「ん、ちゅ……」

湿った感触が、肌を這う。

あちこちに吸い付かれて、舐《な》められ、ときには牙で撫でられる。

ぴちゃぴちゃという音が耳元に届いて、背筋が震えた。

顔をうずめられているせいか、甘い匂いがして、くらくらする。

「ひ」

気持ち悪いのとは、また違う。声を出さないと、どこかが狂って、耐えられなくなりそうな感覚だ。

ぬめった舌が押し付けられて、そこから意識が塗り替えられていくような感覚。

吸い付かれた肌がじんと痺れて、ひどく熱い。

牙が這いまわるのは、まるで荒く引っかかれるようで。

乱暴だけれど丹念に肌を貪られる。むず痒くて、不愉快で、声が無理やり引っぱり出される。

「は、ぁんっ……な、にっ、これ……!?」

「ん～？　……ふふ。じゃあ、それがなんなのか、教えてあげる」

にんまりと唇を歪めて、エルシィさんが意地悪げに笑う。

月明かりを反射して、牙がぎらぎらと光った。まるで、血に飢えた獣の目のように。

「やっ……やめてくださいっ……！」

すごく嫌な予感がした。それを許したら、教えられたら、今までの僕でいられなくなるような気がする。

無駄だと知っているのに、僕は鎖を悲鳴のように鳴らした。

実らない足掻《あが》きをする僕を眺めて、エルシィさんが楽しそうに笑う。

「ああ、そう、その顔！　その顔が見たかったの！　かわいい！　かわいい！　とっても素敵！

……ねえアルジェント。今度は、鳴いて？」

「あっ……！」

恍惚とした笑みが、首元に降ってくる。

イヤイヤをするように首を振っても、その程度で逃れられるはずもなく、許されるわけもなく。

他人の牙が、僕の肌を刺して、肉を喰い破った。

「ひっ、あああああ!?」

「ん、ちゅ……んく……♪」

己に噛み付いて、血を流すのとはまったく違う。

流血は痛みを伴わず、ただ身体から力が抜けていく。不思議な放出感があって、それでいて、刺し込まれている牙はひどく熱い。

「あ、は、やっぱり、おいしっ……さいっこうの味っ……♪」

「ひ、あぁぁ……」

血を吸われるのは、肌に吸い付かれるよりもずっと強く、神経までもを撫でられるような感覚だった。

こく、こくと規則正しい喉の鳴りが聞こえて、その度に吸われていることを実感する。

目の前がちかちかと、明るくなったり暗くなったりして、意識が浮かんでは沈む。

噛み付かれた部分から熱を流し込まれるように全身が甘く痺れて、止まらない。

身を震わせて、声を出すことを我慢できない。抗議も否定も拒否もする余裕がないくらい、全身から力がとろけていく。呑み込まれていく。

「ん、ぢゅるっ、んっ……ふふ……んんっ、ん、がぷっ」

「やぁっ!?　あひああっ……!!」

こじるように傷口を開けられ、夜の空の下だということすら考える余裕もなく、僕は声をあげさせられた。

女の子みたいに甘ったるい声を無理やり絞り出されるたびに、自分の今の身体がどれだけ、『前』と違うのかを自覚する。

甘い痺れが身体を引きつらせて、全身から力を、心から拒否を奪っていく。

「ぷはっ……♪　は、ああ……思ったとおり、最高の魔力ね！」

「あ、んふぁ……ま、りょ……く……？」

「あら、吸血のことも知らないの？　私たちが血を吸うのは、相手の魔力を吸い取るため。もともと吸血鬼は魔力の塊で、存在が不安定なの。定期的に誰かから魔力を吸って、それを存在の安定に……なんてお勉強は、どうでもいいわね？」

「ひゃっ……ひうっ」

なにを言っているのか、分からない。

頭の中がふわふわとしていて、言葉を聞くことができても、それをまとめることができない。

傷口をゆるやかに撫でられて、僕はただ身を跳ねさせることしかできなくなっていた。その程度の触れ合いですら、全身が痺れるような感覚を生み出して、甘い声が漏れる。

「大切なのは、吸血鬼が血を吸うときに与えるもの。私たちは血を吸うとき、最も心の中にあるものを相手に与えるのよ？」

「ええ。相手に与えたいと、強く強く感じるものを。私の場合は、『快楽』。気持ちよくさせて、させて、させて――相手が私にすべてを捧げてもいいと思えるようになるまで、とろけるような快楽を、相手に与えるの」

「ここ、ろ……？」

「や、それじゃっ……」

「そう、貴女は私に血を吸われて――気持ちよぉくされてるの」

はっきりと口に出されて、身体がかあっと熱くなった。

なにをされているのか、分かってしまったから。そしてこのままだとどうなるのかも、予想ができてしまったから。

自覚は寒気にも似たものになって、体中をゾクゾクと跳ねまわる。このままだと、なにも考えられなくなりそうなほど。

「貴女は随分と呪いや魔法に強いようだけど……吸血で与えるものは、呪いとは少し違うの。そういう特性なのよ。……さ、まだ私のことを想いきれていないようだから、今度こそ、堕《お》としてあげるわね？」

「ひっ……や、僕、ほんとに女の子になっちゃ……」

「ふふ、そんな可愛いこと言われたら燃えてきちゃうわね……さ、女の子同士で、気持ちのいいことをしましょう？」

「あ、やだ、やめて……だめ、だめ、だめですっ……」

「あははは♪　だーめっ♪　言ったでしょう？　呼吸が止まるまで遊ぶって。今日までの貴女は、ここで終わり。明日からは、私の、私だけの、可愛い花嫁！　だから……初夜を、愉しみましょう？」

たっぷりの満足を含んだ声で、エルシィさんが笑う。そしてまた、ゆっくりと僕の首元に顔を寄せてきた。

終わらせられる――そう思って、僕はそこから逃れるように瞳を閉じる。もうそうするくらいしか、やれることが思い浮かばなかったから。

諦めにも、絶望にも似た気持ち。牙が押し当てられて、ひ、という声が自然に漏れる。

「ふふふ、いただきま……っ！」

僕を終わらせるための言葉は、最後まで紡がれなかった。

その前に、エルシィさんが僕から離れたからだ。

「ふぇっ……？」

唐突にのしかかられる重みが消えたことで、目を開ける。

それから一瞬遅れて、僕のすぐ上、先ほどまでエルシィさんがいたところをなにかが薙《な》いでいった。

「なに、が――」

彼女はこれを避けるために、僕から離れたのだろう。でも、今のは……？

「――アルジェ、無事？」

疑問の霧を晴らすような、凛《りん》とした声が通った。

この声を僕は知っている。数日とはいえ、毎日聞いていたのだから。

いつだって口うるさく、けれど優しく、僕に言葉をかけてきてくれていたのだから。

鎖を鳴らして、僕は可能な限り起き上がった。未だ身体からは力が抜けているけれど、それでも、顔を見たいと、そう思ったから。

優しく細められた、紫の左目、金の右目。

あたたかな雰囲気をまとう、サイドでまとめた茶髪。

大きな胸が弾んでいるのは、呼吸が荒いからだ。きっとここまで、急いで来てくれたのだろう。

「フェルノート、さん……？」

まるで出来すぎたおとぎ話の騎士のように。

懐かしい人が、そこにいた。

90　元騎士の心

アルジェント・ヴァンピールは、私の恩人だ。

呪いによって両目の視力を失い、騎士としての資格がなくなった私の目を、再び開いてくれた恩人。

もしもアルジェがいなかったら、私は今でも港町アルレシャで、平和だけど退屈に暮らしていただろう。

失った景色に焦がれながら、ずっと。

……間に合った、間に合ったわ！

アルジェが無事だったことに安堵して、私は笑みをこぼした。

ここまで来られたのは、ほんの偶然。一緒に旅をしていた行商人、ゼノのお陰だ。

予定よりも早く商業ギルドに戻ったゼノが、アルジェの行き先を聞いてきてくれた。アルジェはゼノとも知り合いで、彼に伝言を残していたらしい。

レンシアにいる――それを知った私たちはすぐさま馬車を走らせて、ここまで来た。

そうして村に到着してみれば戦闘の気配があり、アルジェが押し倒されていたので、急いで助けたというわけだ。

「……アルジェ、久しぶりね」

「フェルノートさん……」

アルジェは今、ベッドに貼り付けにされるような形だ。

服を破かれたようで、肌はほとんど露出してしまっている。身体のあちこちには吸い付かれた痕《あと》があった。

首元には噛み付かれたのだろう傷もあり、そこから少しだけ流血しているようだ。

「ん、はぁ……」

明らかに熱っぽい吐息がこぼれて、こちらを潤んだ瞳で見上げてくる。

吸血鬼特有の真っ赤な瞳はとろりとしているけれど、いつもの眠そうな雰囲気とはまた違う――どこか不安そうな色を宿していた。

なだらかで、けれど淡く膨らんでいる真っ白な胸を、玉のような汗がつたう。身をよじらせて、アルジェはこちらから顔を背《そむ》けた。

ぴん、と浅く尖《とが》った耳までを真っ赤にして、震えるような声でアルジェが告げる。

「あの……フェルノートさん……」

「な、なに、かしら？」

「その、あんまり、じっと見ないでください……こんなところ……見ちゃ、や、です……」

「はっ……ご、ごめんなさい!?」

じろじろと見るにはあまりにもあられもない格好だった。食い入るように見てしまったことを反省しつつ、私は顔を背ける。

いつもクールで眠そうなアルジェが、すっかり大人しい。

それどころか、女の子らしい恥じらいすら見せているという光景に、我を忘れて見入ってしまっていた。

こっそり横目で見てみれば、アルジェは相当に恥ずかしいのか、きゅっと唇を噛むような表情でこちらから目を逸らして、もじもじしている。

……可愛すぎでしょう!?

叫びそうになるのをぐっとこらえ、私は自分を律した。

ずっと見ていたら、今度は私が彼女に触れたくなってしまう。それくらい可愛い。一周回って誘ってるんじゃ、いやいや、そんなわけないでしょ、落ち着け私。

なんとかしてあげたいけれど、今アルジェが感じているものは呪いとは違うものだ。吸血が肉体に与える影響は、回復魔法では処理しきれない。

幸い、アルジェは相当に高い魔法と呪いへの耐性技能を持っているはずなので、落ち着いてくれば自力で拘束からも抜け出せる。

今は、あちらに集中した方が良さそうだ。そう結論して、私は金色へと刃を向けた。

「こんな……こんな羨ましいことしておいて、タダではすまさないわよ！」

「羨ましかったの？」

「……間違えたわ。こんなひどいことをして、タダではすまさないわ！」

「締まらない救援ねぇ」

「ううう、うるさいわよ！」

「ふふ、それにしてもひどいだなんて、それこそひどいわ。私はただ、欲しいものを手に入れようとしているだけよ？」

「そのやり方と欲しいものに問題があるのよ……！」

強く視線を送っても、相手はどこ吹く風という感じで涼しい顔をしている。

金色のツインテールをコウモリのような髪飾りで彩った、少女じみた姿をした存在。

だけど、それは見た目の話。あれは少女なんて年じゃないし、そんなに可愛らしいものでもない。

吸血姫《きゅうけつき》エルシィ。かなり昔、それこそ私が産まれる前の時代から、世界中で災厄を撒《ま》き散らしている吸血鬼だ。

働いた悪事は数しれず、小国くらいなら一夜にして滅ぼしたこともある。

手に掛かった王国騎士も多く、王国では最上位討伐対象に指定されている。他の国でもそうだろう。

傭兵《ようへい》――ランツ・クネヒト協会も懸賞金をかけていて、その額はふつうに生きれば一生を賄ってあまりあるほどの額だ。

つまりあれを倒せばたくさんお金が入って、私がアルジェの養い手になれて必然的にずっといっしょ……いやいやいや。それじゃダメでしょうが、私。

ちゃんとアルジェを真っ当な道に更生させるのが私の目的だ。そのために、まずはあれを排除しなければ。

「ふぅん……戦う気？」

「ええ、当然でしょう？」

ブランクはまだある。装備も王国時代のように最高のものとは、お世辞でも言えない。

正直なところ勝ち目は薄い。あれは戦うとか以前に、『生きている災害』だと考えた方が良いくらいのものだ。

それでも、剣を構えないわけにはいかない。

ゼノから貰《もら》った剣の馴染みは悪くはない。ここまで何度か振るい、脅威を退けてきたものだ。長さ、重量ともに、現役時代に使っていたものに近い。

「構えからして、貴女は王国の騎士様ね？　どうして共和国にいるのかしら？」

「騎士ではないわ。元騎士よ。ここにいるのは……一身上の都合ってことにしておくわ」

「……理不尽ね。世の中はこんなにも予想外で、理不尽だわ。貴女みたいな助っ人がいるなんて、聞いてないもの」

「理不尽の塊がなにを……」

「ええ、ええ。そうでしょうとも。だから――私の楽しみを奪った罪は、重いわよ？」

気配が一気に膨れ上がる。

闘気だけでなく、魔力までもが肌を刺すようにこちらに向けられ、背中に嫌な汗が浮かんだ。

生き物というよりは、荒れ狂う暴風雨に対峙《たいじ》するような感覚。無意識に下がりそうになる足を、私は意志の力で抑えつけた。

「アルジェントと知り合いのようだから、殺しはしないけれど……少しだけ、大人しくして貰うわね」

「やれるものなら、やってみなさい」

月が割れるようにいびつに微笑んで、相手が動いた。

ドレスをコウモリの翼のようにはためかせて、飛んだのだ。

「さすがに用意した分だけでは足りないわね。だから、予想外は嫌いなのよ――カースメイカー、『ウィップアーウィル』」

空中で身を回しながら、相手が言葉を紡ぐ。民家の屋根の上へと着地する頃には、相手の側には黒翼があった。

ゆらりと炎のように揺れるのは、呪いの具現。鳥にもコウモリにも見えるそれが、私に向けて飛来した。

実体の伴わない魔力体を、剣で斬ることはできない。私は迎撃という選択肢を捨て、回避を選ぶ。

「へぇ、やるわね」

「褒められても嬉しくないわよ」

最小限の動きで、呪いに触れずして躱《かわ》す。

しかし、躱してもそれで終わらない。呪いの翼はまるで意思を持つかのように、避けても身を翻して再び私に突進してくる。それも何度でも。

……埒《らち》が明かないわね！

このままでは体力を消耗し続ける。そうなれば私は不利になるだけだ。

かといって呪いを正面から受ければ、恐らく私の耐性では防ぎきれない。

埒が明かないならば、明かすまでだ。

「ふぅ……！」

何度目かの回避を行使した瞬間に、強く一歩を踏む。

回避動作を起点とした、スタートダッシュだ。

「ブラッドクラフト、『チェーン』」

「っ！　邪魔よ！」

ずるりと地面から伸びてきた紅の鎖に、剣を振るう。

斬るというよりは引っ掛けて、引き千切った。

音の鳴りをぶち撒けて置き去りにして、私はさらに加速する。

「悪いわね、構っていられないの」

名も知らぬ家屋の持ち主に謝罪して、私は剣を振り抜いた。

剣術技能のアシスト込みでの一撃は、剣圧すらも鋭利にする。刃の長さ以上の斬撃が発生し、家屋を斜めに割断した。

「随分とめちゃくちゃをするのね……貴女、本当に人類？　私が知る限り、人間が到達できる限界に達しそうになっているわよ？」

「褒められても嬉しくないと言ったわよ」

倒壊の音を聞きながら、私は相手を目指す。自分の攻撃が届く距離に、自分を押し付けていく。

吸血姫は家が崩れる前に、そこから離脱していた。ステップを踏むように下がる金髪を追いかけて、大地を蹴る。後ろから飛んできた呪いの翼を回避して、もっと前に。

「ふふ。背中に目でもついてるの？」

「見なくても避けられるわよ……！」

技能とかそういうことではない。今まで身を沈めた戦いの経験が、私に警告を与えてくれる。いわゆる、勘というやつだ。

翻ってきた黒翼を今度はサイドステップで躱し、身を弾くようにして加速する。回避によって減らされた速度は直ぐに補塡《ほてん》されて、彼我《ひが》の距離はどんどん詰まっていく。あと数歩を踏めば、届く。

害あるものを断つために、私は更に速度を上げた。

「あらあら、随分と熱烈ね」

髪をなびかせて、災厄が笑う。

格好だけを見れば、今、私が相手を追っている。それもあとほんの少しで刃が届く距離だ。

それでも相手は余裕の笑みを崩さない。まるでダンスでも楽しむかのように、ステップを踏む。

明らかにこっちが遊ばれている。相手がその気になれば、逃げる側は私になるだろう。

それでも、私は誘いに乗る。そこにしか付け入る隙がないから。

「ふふっ……ブラッドクラフト、『チェーン』」

「無駄よ！」

目の前を塞ぐように、再び鎖が現れる。それも三本だ。

構っている時間が惜しいと判断した私は、三本を一度にまとめて断った。

「……!?」

手応えに違和感を覚えたのは、あまりにも呆気なかったから。

三本をまとめて斬ったのに、手応えが一本のときよりも遥かに軽い。

なにかある。そう感じた私は足を止めた。詰めた距離は惜しいけれど、手遅れになってからでは遅い。

「貴女ほどの手練《てだれ》なら、そこで止まってくれると思ったわ」

「え……っ!?」

「バインドサークル」

足元が張り付けられたように、地面から離れない。いや、足だけではなく、指先や首を動かすことすらできない。

地面というよりは、空間に縫い付けられたような感覚。

捕まえられたこちらを眺めて、エルシィが満足そうに目を細める。

「アルジェントの耐性が思ったよりも高かったから、出番はないと思っていたけれど……ふふ。やはり備えていて、損はないものね」

「っ！　っ……！」

「強力な動き封じの呪いよ。口を動かすこともできないわ。設置式なのが、ちょっぴり難点だけどね？」

ゆっくりと、ゆっくりと、相手がこちらに歩んでくる。

仕留めた獲物を確かめるような手つきで、胸元に手をかけられた。

「随分と肉付きがいいのねぇ……まあ、賑やかしにはなるかしら？　遊んだら面白そうだものね」

「っ……！」

重さを計るように手のひらで掬《すく》われ、私は不愉快さを感じた。

しかし、その気持ちを表情に出すことも叶わない。

近寄ってきた相手を斬り伏せるどころか、眉ひとつも動かせず、視線を彷徨《さまよ》わせることすらもできない。

「ふふ、心配しなくても、すぐに呪いは解いてあげるわよ。声がなくちゃ、つまらないものね」

こちらの不満を見透かしたように、エルシィが牙を晒して笑う。

胸の重さを確かめていた手が首へと回され、抱き着かれるような姿勢になった。

首元に熱っぽい息がかかる。牙が押し当てられて、冷たいものが背筋を張っていく。

「それじゃあ呪いを解いてあげるから……いい声で鳴いて？」

ぷつりと肉を穿《うが》たれた感覚がして——

「——貴女がね」

私は、相手を歓迎した。

「づっ……ぎっ、あああああああ!?」

相手が悲鳴をあげ、牙を引き抜いてこちらから離れた。

動き封じの呪いから解き放たれた私はほんの少しぶりの自由を確かめるように、身体を伸ばす。

「キュア」

首に開けられた穴は小さな傷だ。詠唱も不要なほどの簡単な回復魔法で治すことができる。

完調となった身体に満足して、私は相手を見据えた。

「あ……あああ!?　ううううう、ぐうううううう！！！」

相手は口元を押さえて、明らかに苦しんでいる。鳥型の呪いを維持することも、ままならなくなったようだ。

真っ赤な瞳を余裕で溶かすことを忘れ、燃えるように感情がこもった瞳でこちらを睨んできた。

今までとは逆に、今度はこちらが余裕たっぷりに笑ってやることにする。

「余裕を崩された気分はどうかしら？」

「あ、なた……聖、騎士……!?」

「だから元よ、元。何度も言わせないでくれる？」

騎士の中でも特に、聖魔法に長《た》けた存在。それが聖騎士だ。

聖属性、という言葉が持つイメージも含みだけど、聖魔法と剣技の両方を一定以上の成績を収めた騎士はそう呼ばれる。過去の話だから、あまり持ちだしてほしくはないのだけど。

私がやったことは、ごく単純なこと。

聖属性の魔法の中では初歩的な、身体の内側に聖属性を宿す魔法。これを自らの内側に仕込んでおいただけ。

吸血鬼は闇属性の魔力、その集合体が意識を獲得したもの。聖属性にはめっぽう弱い。

闇には光――よほどの耐性がない限り、吸血鬼にとって聖属性のものは触れるだけで天敵なのだ。

それを身体の外側に出さず、内側に入れ込んでおくことで、噛み付かれた瞬間に高濃度の聖属性の魔力を流し込んでやった。

……価値はあったわね。

少しでも聖魔法を使って、相手に気取られるわけにはいかなかった。

お陰で本来の戦闘スタイルとは全く違う戦い方をすることになったけれど、結果は大成功。

聖なる力に焼かれ、ただれた口元を隠すようにして、エルシィがこちらを見据える。

先手は取れたとはいえ、私にどれだけのことができるか分からない。それでも、退くという選択肢はない。

今こそ私は、剣を捨てた。本来の戦い方をするために。

「光指す道を拓《ひら》く、聖剣よ」

紡ぐ言葉は魔力を練り、私の内から光を生む。

聖属性の魔力を強く帯びた光が私の手に集まり、やがて明らかな実体を成していく。

ひとつの形。力の証。私が幾度となく振るった愛用の剣。

私の、本当の武器。

「我が身に集いて、顕現しなさい！　マテリアライゼーション！！！」

結びの言葉を紡いだ私の手に、光の剣が握られた。

重さは羽根のように軽く、けれど斬れ味は刃金《はがね》よりも鋭く。

立ちはだかるものを斬り、道を拓く剣。そうした祈りによって生まれた力。

「セイクリッド・ウェポン。霧になろうが、影になろうが、これからは逃げられないわよ」

「っ……二色の目、聖騎士……あなた、フェルノート・ライリアね……!?」

「隠居して埃《ほこり》をかぶった骨董品の名前を、よく覚えていたものね」

一応、私も有名人だということか。いくつか思い当たることはあるけど、今は気にするようなことでもない。

もはや隠す意味もなくなった魔力を露出させる。

ここからが、本当の勝負だ。

91　立ち向かうもの

「ぐっ……カースブレード！」

エルシィが言葉を作った瞬間、地面からいくつもの黒い刃が伸びた。サメの背びれのようなそれらは自らを昏《くら》くぎらつかせ、こちらに向けて真っ直ぐやってくる。

呪いを含んだ、明確な『攻撃』。相手が私を無傷で捕縛することを諦めた証だ。

「手足くらいなら、代用品はある……羽虫のようにちぎってあげる!!」

「……ようやく、少しは本気になったってわけね」

A transmigration vampire would like to take a nap.
転生吸血鬼さんはお昼寝がしたい
3
ちょきんぎょ。
Illustration
47AgDragon
初回版限定
封入
購入者特典
特別書き下ろし。
喫茶店のお昼過ぎ
※『転生吸血鬼さんはお昼寝がしたい 3』を
お読みになったあとにご覧ください。
EARTH STAR NOVEL

「だいたいね、アルジェったら寝過ぎなのよ。こっちがご飯作ってあげてもふつうに寝てるし！」

「そうなんですのよね。それで起こさなかったら夜まで眠っていますし……」

「夜までどころか、ヘタすると次の日も起きてこないわよね」

「そうなんですのよ。最近はもう、分身して起こしてますわ」

「あなたも大変ね……寝るのが好きなのは分かるけど、いくらなんでもあれは寝すぎだと思うわ」

「時々、このままずっと眠ってしまうのではないかと、心配になりますの……」

「分かるわ……」

「でも寝顔はもう、起こすのが悪く思えてしまうくらいかわいいんですのっ……！」

「分かるっ……！」


狐耳幼女と巨乳美人が真剣に語りあっているのを遠くから眺めつつ、私は深く頷いた。

今、話題になっている本人は部屋に帰ってしまい、テーブルにはあのふたりだけ。

それでも追加で注文されたケーキが消費されていくほどの時間、ふたりは会話に夢中になっていた。

……アルジェちゃん、気持ちよさそうに眠りますからねぇ。

だいたいいつお部屋に行っても眠っているのだけど、その寝顔はまるで生まれたばかりのように無垢で、可愛らしい。

店長権限で役得とか思って、ついつい記録魔法に収めてしまうくらいだ。今それをあのふたりに言うと大変なことになりそうなので、黙っておきましょう。サツキちゃんステイ。

「でも、アルジェさんってふいに優しくて……」

「そうね。あの子、頭はおかしいけど、優しいのよね。……私の目も、治してくれたし」

「私が大切な人を……母を失ったとき、アルジェさんは側にいてくれましたわ」

「まったく……我儘なんだか、優しいんだか」

「どっちもアルジェさんなのだと思いますわ。いつだって正直なだけで、アルジェさんは、ああいう人なんですの」

「そうね……私も、そう思うわ」

ふたりともが納得したように頷く。対抗するようにしていた先ほどまでとは打って変わり、随分と仲が良くなったらしい。

会話の内容が亭主の愚痴から惚気に変わっていく主婦と大して変わらないのは、突っ込まなくていいでしょう。似たようなものなので。

……関係性って面白いですねぇ。

何年喫茶店をやっていても、お客さんの顔や話に飽きることがない理由が、これだ。

刻一刻と変化していくものもあれば、不変のものもある。

あっけなく変わってしまうほどに脆いのに——驚くほど、強固。

誰もが誰かと繋がっているということが、ここにいると強く実感できる。

昨日までひとりで本を読んでいたふたりが、ある日から一緒に並んで本を読むようになり、いつの間にか手をつなぎ、結ばれることすらある。

そうしたものを眺めるのが好きで、私はこの仕事をしている。

人が好きで、世界が好きだから。

「ふふ」

自然とこぼれるのは、微笑み。

今、クズハちゃんとフェルノートさんに起こっているのは、アルジェちゃんを中心とした関係性の変化だ。

どちらもアルジェちゃんを強く思うからこそ、一度はお互いに対抗意識を持った。

だけど、どちらも「アルジェちゃんが大切」なことは共通している。

「一緒に暮らしてた頃に、アルジェがシチューを作ってくれてね」

「しちゅー？」

「あら、知らないのね。美味しいから、今度作ってもらうといいわ」

「アルジェさん、しないだけでお料理もお上手ですものね。ええ、今度おねだりしてみますわ！」

だから、ああして仲良くなれる。

楽しそうに共通の話題に花を咲かせるふたりは、誰がどう見たって、もう友人だ。

……アルジェちゃんが起きてふたりを見たら、びっくりするでしょうね。

いいことを思いついた私は、するりと席を立つ。思いついたらその日のうちにやる主義だ。なにせ私は永遠の十七歳。楽しいことは、いつだって大歓迎なのだから。

「楽しそうですね、おふたりとも」

「あ……サツキさん。も、申し訳ありません。お仕事のこと、忘れていましたわ」

「いえいえ。もうクロちゃんとフミちゃんが入りましたし、分身の子たちも頑張ってくれてますから、構いませんよー」

狐耳をぺたんと落として謝るクズハちゃんに、軽く手を振って応じる。

いいものを見せてもらったので、それくらいの脱線は許してしまおう。

「フェルノートさんですね。せっかくクズハちゃんと仲良くなられたようですし、アルジェちゃんと積もる話もあるでしょう？　良ければ今晩、うちでご飯を食べていきませんか？」

「……いいんですか？」

言葉をかけた相手が、オッドアイの目を丸くする。

それを美しいと思いながら、私はお客さんに満面の笑みを返した。

「ええ、もちろん。楽しいことは、大歓迎ですから♪」

顕現した聖剣――セイクリッド・ウェポンを腰だめに構える。共和国でいう、居合斬りに似た格好だ。

「エンチャント、『ホーリー』……消えなさい」

聖剣に、更に魔法剣技能により聖魔法を乗せる。

振り抜いた剣は斬撃ではなく、光の束を撒《ま》き散らした。

無作為に放ったわけではなく、呪いを自動で追って、消し飛ばす魔法だ。

解呪だなんて器用なものではなく、属性の有利に物を言わせて刃の群れを消し去った。

……本気を出すのは久しぶりね。

武器を精製して保持する性質上、魔力の消費が大きいから気軽に使えるものではないし、そもそもここまでに全力を出さなければならないような相手には出会わなかった。

慣らす暇もなく、恐らくはこの世界でも最凶クラスの化物と対峙することになったけれど、実戦なんてそんなものだ。自分の予定や理想通りに進むことなんて、まずありえない。

理不尽を嘆くよりも、理不尽を斬り拓け――過去に教えられたことを祈りのように心で唱えて、私は再び、開けられた距離を詰めるために動いた。

「ブラッドケージ！」

相手が懐から紅の輝きを取り出し、後退しながら地面へと叩きつける。

……報告書にあったわね。

騎士団にいた頃に、資料として読んだことがある。

ブラッドケージはエルシィの得意とする技能で、承認さえ取れば生き物を収納することができる、吸血鬼の中でも稀有な能力だ。

本来なら、血液を血液には混ぜられないという制約上、生き物を血の中に閉じ込めることはできない。

けれどブラッドケージは血液の中に特殊な空間を創り、その中に生き物を入れることで生き物の封印を可能とする……確かそういうふうに書かれていたように思う。

実際に目《ま》のあたりにするのははじめてだけど、慌てることはない。要は手勢を出すというだけだ。

砕けた紅から現れたのは、巨大なドラゴン。

現れた巨体は黒の鱗《うろこ》で月光を反射し、燃えるような瞳で私を睨みつけてくる。凶悪に並んだ牙の隙間からは、蒼炎がぱちぱちと瞬いていた。

すらりと伸びた尻尾はどこか芸術品めいた美しさを持ち、夜の空を泳ぐように揺れる。

体高は目測で三メートル程度。ドラゴンとしてはかなり大型だ。

「まだ大して遊んでない子だけど、出し惜しみはやめるわ……！」

「見たところ、ファフニール級のドラゴン……随分と大物を飼い慣らしてるわね」

竜としてのランクで言えば、上から二番目。ユグドラシル級のひとつ下か。

恐らくは闇魔法のうち、魅了効果のあるものを使ったのだろうけれど、竜を操るなんて相当だ。

ふつうならば軍隊で相手取るような存在だけど、今、ここには自分しかいない。

「行きなさい、ジャバウォッキー！」

「ギャアアアア!!」

耳障りな雄叫《おたけ》びとともに上から振るわれてくる爪を、後ろに飛んで回避する。

掠《かす》るどころか、発生した圧力ですら五体をバラバラにできるような剛爪だ。大げさに避けておくくらいでちょうどいい。

「大きさで――ねじ伏せられると思うんじゃないわよ！　マテリアライゼーション!!」

相手が巨大なら、こちらも相応の刃にするまでだ。

追加の魔力を燃料として、光剣が伸びる。

セイクリッド・ウェポンは魔力により造られた半エネルギー体だ。長さも厚さも、自由自在。もっと言うと造り出すものが剣でなくても構わない。

あらゆる災厄に対抗するために、過去の聖騎士たちが編み出した切り札。

人型であれ、大型であれ、単体であれ、複数であれ。一振りの下に等しく同じ。

「せえええええいっ！！！」

長さ三メートルを超える超長剣が、疾《はし》った。

大上段からの真っ二つ。剣で斬られるというよりは光に喰われるようにして、竜の肉体が分断された。

やはり操られているだけあって、本来のドラゴンよりもだいぶノロマだ。脅威であることには違いないけれど、隙がありすぎる。

「次は、そっちを斬るわよ」

「次なんてないわ。布石はもう、置いたのよ？」

断末魔をあげることもなくふたつに裂かれた竜の向こうで、相手が邪悪に微笑んだ。

斬られたことを思い出したかのようにドラゴンの死骸から血が噴き出して――私は過ちを自覚した。

「あはっ……♪　綺麗に捌《さば》いてくれて、助かったわぁ」

うっとりと呟いて、べっとりとドレスを血で濡らす。

漆黒のフリルの上に乗ってなお鮮烈な紅色を、相手はすくい取って舐《な》めた。

すでに私に歯を立てて焼けただれた部分は元通り。上機嫌に血液を堪能している。

……しくじったわね。

巨大な肉体には、それ相応の血液が溜め込まれている。それもドラゴンだ。血液に含まれる魔力量は人間と比べて桁違いに多い。

そんなものを殺して血を流させてしまえば、それらはすべてエルシィの糧《かて》となってしまう。

あの状況で、ドラゴンを放置するのは無理だ。頭では分かっていても、やられたという悔しさがある。せめて斬るのではなく、もっと出力を上げて消し飛ばしていれば……！

「ここまで、それも単独の人間に追い詰められたのは久しぶりよ……褒めてあげる。認めてあげる。本気を出して潰してあげる！　あはははは!!」

巨大な血溜まりの中で、相手が踊るように動いた。

「血液の中の魔力を引き出すのは、吸血鬼の得手なのよ」

言われなくても分かる。

エルシィの魔力が明らかに膨れ上がっている。

属性の有利をひっくり返すほどの膨大な闇の魔力。それは例えるならば、火を消す水を、荒れ狂う炎で蒸発させて消し飛ばそうとするようで。

竜の命を糧として、魔法が発動する。エルシィの足元を中心に、紅の光が走り、魔法陣を形成していく。

「トワイライトゾーン」

言葉が紡がれた瞬間、周囲の空間が一変した。

空気が淀み、月は昏《くら》く紫色の輝きを放ち、景色が歪む。

手にした聖剣が怯えるように震えたのは、私にかかろうとした呪いを弾いたからだ。

防ぎきれなかった呪いが、私の足に絡む。まるでいきなり足元が浸水したかのように、不愉快な重さを感じる。

「この中にいる限り、私のような存在の力は増大し、貴女の力は減退する。共和国風に言えば、逢《おう》魔時《まがとき》……とでも言うべきかしら」

「空間とその中のものすべてに対する呪いと、特定属性の強化……！」

「本来なら入念に準備が必要だし、今回は吸血鬼《どうぞく》相手だから用意しなかったのだけど……貴女が相手なら、十分に使えるわね」

「くっ……！」

分かってはいたことだけど、やはり手強い。

ただでさえ基礎的な能力が高い相手が、その能力に甘えきることなく周到に扱ってくるなんて、やりづらいことこの上ない。

「この空間でも、聖剣の威力は貴女にとって致命でしょう」

「ええ、そうね。その重くなった足で、私のところに辿り着けるなら……ね？」

こちらの強がりを引き裂くように微笑んで、エルシィが魔力を練り始める。

これ以上させるわけにはいかないと私は足を動かすけれど、やはり足が遅くなったのが痛い。対して相手は有利な空間だ。紡がれる魔力も、展開する速度も今まで以上。

「あははは！　抵抗はもう無意味よ！　闇に呑まれ、停止しなさい――フェイタルバインド!!」

エルシィの周囲に莫大な量の魔法が展開し、こちらに向けて殺到する。

バインドということは相変わらず動き封じ。つまり相手はスタンスを変えていない。あくまで私を生け捕るつもりだ。

けれど、これは今までとは本気の度合いが違う。視界を埋め尽くすほどの呪いの炎が、ひとりに向けられているのだから。

「っ……！　まだ、諦めないわよ!!　エンチャント、『ホーリージャッジメント』!!」

今練られるすべての魔力を使った魔法を聖剣に込めて、私は剣を横薙《な》ぎに振るう。

刃だけでなく、そこから放たれた光の魔法に触れるたびに、呪いの炎が消し飛ぶ。

けれど、あまりにも数が多すぎる。一振りではとても対処しきれない。

……ここまで、なんて考える暇があるなら動きなさい！

浮かんだ弱音を振り払うように思考して、もう一度光剣を振るおうとする。

呪いはもう目の前だ。間にあうかどうかは正直厳しい、だからって諦めるなんて――

「――代わります」

「きゃっ……!?」

懐かしい声が聞こえて、背中から引っ張られる。

突然のことに尻もちをついた私と入れ替わるように、銀髪のなびきが前に出た。

「さすがにこれはキツそうですね」

言葉が響いたと同時。

呪いの群れが、アルジェの身体に降り注いだ。

92　銀と金

身体中に呪いがまとわりつく。僕の耐性をもってなお、動きを制限される。

こんなもの、フェルノートさんが受けたら一溜まりもない。指一本動かないどころか、意識すらも刈り取られるだろう。

僕でさえ、口を動かすことすらも嫌になるほどの倦怠感を得るほどだ。

「痛いの、痛いの……とんでいけ」

だけどそれも、ここまでの話。

どれだけまとわりつこうと回復魔法で消してしまえば、なんてことはない。はあ、スッキリした。

「アルジェ……もういいの？」

「はい、お陰様で」

正直に言うとまだ少し身体にはふわふわした感覚が残っているけれど、甘えてばかりもいられない。

フェルノートさんは危険を顧みずに、僕を助けてくれたのだ。それなのに、僕がフェルノートさんの危機を黙って見ているわけにもいかないだろう。

ブラッドボックスから、破れた服の代わりを取り出す。和服が無くなった今、手元にはメイド服しか着るものがないので、それだ。

いつもなら肌の露出はあまり気にしないのだけど、あの粘っこい視線の前で肌をさらすのは、さすがにもう避けたい。

「……復帰が早いのね、アルジェント」

「この空間のお陰かもしれませんね」

拘束を抜けたときはまだかなりの疲労感があったけれど、フェルノートさんを追ってこの空間に足を踏み入れた瞬間、少し調子がよくなった。

たぶん、足元で光る紅色の魔法陣のお陰だ。吸血鬼を強化するような仕掛けが施されていると考えていいだろう。

「何度来ても、貴女では私には勝てないわよ？」

「そうですね。今のままでは、恐らくは」

僕は自分の力をただ、そのまま扱っているだけだ。

エルシィさんは自分の力をただ扱うのではなく、考えて使っている。

柔よく剛を制す、という言葉があるけれど、まさにその通り。

目の前にいるのは、闇雲に力を振るって勝てる相手ではない。

そしてそれが分かったところで、すぐにどうこうできるわけでもない。

圧倒的なほど、経験が不足しているのだ。付け焼き刃で小細工したところで、あまり効果があるとは思えない。

それでも――まだ、思いつく手はある。

「フェルノートさん、下がっててもらえますか？」

「え!?　ちょ、ちょっと！　そこはふつう、共闘を申し出るところでしょう!?」

「そうなんですけど……僕にもどうなるか、分からないので」

不確定な計算の中に、知り合いを入れてしまうのはさすがに抵抗がある。

これからやろうとしていることが上手く行くか、保証はない。どうにか役に立ってくれるといいのだけど。

僕の様子になにかあることを予感したらしく、エルシィさんが尋ねてきた。

「まだ切ってないカードがある、というところかしら？」

「アタリかハズレか、僕にも分かりませんけどね」

ブラッドボックスから取り出すのは、一本の刀。

王国という国のはずれにある森で出会ったミノタウロス、オズワルドくんから貰ったものだ。

魔具《アーティファクト》と呼ばれる、持ち主と契約することで力を発揮する特殊な道具らしいのだけど、その効果は不明。なぜなら、僕がこれと契約をしていないから。

しゃりん――鍔《つば》鳴りの音が、どこか荘厳な音色を奏でた。

「アルジェ、それ……どうしてそんな魔具《アーティファクト》を!?」

「どんな能力かは知りませんけど……思いつく限りをしないと、きっとあの人には敵《かな》わないので」

フェルノートさんはひどく驚いているようだ。もしかしたら、この刀のことを知っているのかもしれない。

聞いてみようかとも思うけれど、時間が惜しい。契約をさっさと済ませてしまおう。

魔具《アーティファクト》との契約の仕方を知っているわけではないけれど、なんとなく分かる。

持っているだけで、手の中の刃がなにを求めているのか――不思議と、それが伝わってきたからだ。

「僕の魔力を、捧げます」

言葉を紡ぎ、魔力を刀へと送り込む。

手の中にある輝きは歓喜するように震えて、まるで僕と混ざり合おうとするかのように熱を持つ。

……これは、記憶?

頭の中に、僕ではない誰かの記憶が流れ込んできた。

鮮明ではなく、ひどく断片的なものだ。

血まみれの誰か、その中で微笑む誰か。そして、涙すら蒸発するような怒り。

流された血を舐《な》めるかのように丹念に打たれ、生まれ落とされる二本の刃。

「……『夢の睡憐《すいれん》』」

自然と頭に浮かんだ名前を呼んだ瞬間、お互いが完全に繋がったことを感じる。

今、この刀は、『夢の睡憐』は、僕のものになった。

契約が、正しく完成したのだ。

「皮肉なものですね」

断片的にだけど、この刀が打たれた理由を知って、僕は呟く。

これを造り出した人は、僕のような存在を——実体が曖昧なものを消し去るために、これを打った。

一発一発に呪詛《じゅそ》を込めて金槌を振り、怒りによって刃を焼きなめしてなお、魔を憎んだ。

どうか愛しい人を奪ったものを殺せるようにと、ただ復讐を願って、憎悪に燃える心から涙のように生み落とした。失った人を憐れむ心すら、振り切って。

そうして出来上がった二本の刀のうち、一本が今、僕の手の中にある。製作者が殺したかったもののひとつであろう、吸血鬼の手に。

「でも、道具はただの道具です」

たとえこれを打った鍛冶師が意図していなかったとしても、今僕の手がこの刃を握って、契約を為したことは覆せない。

刀自身が教えてくれるかのように、自然と『夢の睡憐』の能力が分かる。

幸いなことに、この能力なら十分にエルシィさんに対抗できるだろう。

これは幻想を、形無いものを、終わりないものを、永遠に眠らせるための刃だから。

「行きます」

もう、身体の調子は戻っている。足元の魔法陣の恩恵か、いつもよりも軽いくらいだ。

一歩目から全力を踏み、加速。最高速まで一瞬で到達する。

「っ……!?」

「たぶん、少し痛いと思います」

目的は命を取ることじゃない。攻撃は致命的な位置ではなく、無力化するのに十分な位置、腕を狙う。

極振りの速度が風すら置き去りにして、刃を疾走させた。

「霧化……!!」

さすがに緊急回避をせざるをえないと思ったらしく、エルシィさんが身体を霧に変える。

金色に霧散する姿を見ながら、僕が霧化したときは銀色なのだろうか、なんてことを考えつつ
――金の霧を晴らすように、刃を振りきった。

「――っ!?」

声にならない悲鳴があがり、エルシィさんが実体化する。

現れた彼女が身を包む黒ドレスはざっくりと裂かれ、その下の真っ白な素肌が月光のもとに晒された。

意趣返し、というわけではない。斬られた瞬間に相手が実体化したために、攻撃が浅くなっただけだ。さすがに勘が鋭い。

相当に驚いたのだろう、紅の目を見開いて、呆然と相手が呟く。

「霧化した私を、斬った……!?」

「これは、この刀は……『夢の睡憐』。『形の無いものを斬る』ことができる魔具《アーティファクト》です」

馴染むというよりは、懐《なつ》くみたいに手に吸い付く感触を確かめるように握り直す。

あらゆる無形のものを切断することができる刃。それが『夢の睡憐』だ。

炎も、風も、呪いも、霧も、光すらも断ち切ることができる。力を発揮するためには魔力が必要だけど、絶大な魔力を保有する僕には大した問題じゃない。

手の届かないものを、触れられない存在を、永遠の眠りで包むための刃。

終わりのないまどろみに、夢に浮かぶ睡蓮のように。

……死ぬことは、眠ることとは違う気がしますけどね。

思ったことは僕の意見。

製作者の方はきっと、この刃に『夢』を見たのだろう。それならば、それでいい。

ある意味では僕らしい名前の刀を、もう一度構える。

「下がるなら今のうちですよ。これは、吸血鬼《ぼくたち》にとっては分の悪い武器です」

「っ……」

引き裂かれたドレスの金髪と、メイド服の銀髪。なんだか格好だけ見ると、従者が主人に狼藉《ろうぜき》を働いたみたいだ。

そんなつまらないことを考えながら、ほんの少しの時間が過ぎて——エルシィさんが動いた。

肩を落とし、力を抜いたのだ。

「さすがにこれ以上は、私も手が足りないわね」

「……諦めてくれるんですか？」

正直なところ、意外だった。

諦めが悪い人だと思っていたのに、あっさりと退くと言い始めたのだから。

訝《いぶか》しく思っていると、エルシィさんは微笑んだ。亀裂のように邪悪な笑みではなく、どこか満足げで晴れやかに。

「日を改めるだけよ。もうすぐ太陽が出てくる。そうなれば、私の時間も終わりだもの」

「……行ってください」

「アルジェ!?　逃がすっていうの!?」

「はい。たぶん、そのための保険として、人質をとってるはずですから」

「人質……レンシアの住人!?」

「ふふ、さすが私の花嫁、分かってるわね！　ええ、降伏のための人質にはしないと言ったけれど、撤退の人質にしないなんて言っていないもの！」

破かれたドレスを翻して、エルシィさんが回る。ばら撒《ま》かれる紅の輝きは即座に砕けて、霧を生み出した。

再び収束した霧が形作るのは、意識を失った人々。この村の住人たちだ。

「まだ呪いは解いていない。私に手を出すと、ひどいわよ？」

「解く保証もないでしょうが」

「ふふ。きちんと解呪はしてあげるわよ。貴女たちの健闘……理不尽に抗う、姿勢に免じてね」

「そんな言葉を信じろって言うの？」

「待ってください、フェルノートさん。……本当ですね？」

「ええ、もちろん。癪《しゃく》だけど、貴女たちの抵抗はとても素晴らしかった……ますます欲しくなったわ、アルジェント。今度はもっと入念におもてなしをするから、また遊びましょう！」

疑問符をつけず、予告としてそう言うと、相手が身体を変化させた。

彼女の髪飾りに似た、デフォルメされたような姿の小さなコウモリが一匹、翼を翻して夜空を駆けていく。

「……本当に逃げたわね。良かったの？」

「たぶん、見逃してもらえたのはこっちもだと思います」

その気になれば、人質を盾に撤退ではなく降伏を迫ることもできたはずだ。

自分で言い出したこととはいえ、人質を降伏の理由にしないという言葉を律儀に守った以上、相手を見逃すくらいはしてもいいだろう。借りだとは思わないけれど。

「はぁ……」

危機が去った。そう思ったことで一気に力が抜ける。

ふらついて後ろに倒れそうになる僕を、柔らかな感触が受け止めた。

「アルジェ、大丈夫!?」

「フェルノートさん……すいません、お願いが……」

「え、ええ、なに!?」

「僕の、ともだちを……クズハちゃんを……」

「友達……あの狐耳の子？　それならゼノに任せてあるわ、大丈夫よ」

「そう、ですか……よかった……ん……ありがとうございます、クッショ……フェルノート、さん……」

「ちょっと待ちなさい、今貴女なんて言いかけたの!?」

危ない。後頭部に当たる感触があまりにふにふにだから、クッションって言いかけてしまった。

背を預けてみれば、とんでもない質量のものが頭を包み込む。あ、これすごくいい枕……。

「アルジェ!?　ちょっと、アルジェってば!?」

「ん……ふ、ん……ぐぅ……」

「人の胸を枕にして寝るんじゃないわよ!?　ちょ、あ、でもアルジェいい匂い……じゃなくて!?

起きなさいってば!?」

悲鳴のような抗議が聞こえるけれど、もう疲労が限界まで来ているから、無視させてもらおう。

水に浮かぶ睡蓮のように、ふわふわした眠気に誘われる。

意識を繋ぎ止める気力を手放して、僕は夢の中に浮かんだ。

93 行商人と狐娘

「……無事かい？」

声をかけたのは、背後に向けて。

狐色の耳を持った獣人の少女。着ている服は、巫女服と呼ばれるものにどこか似ている。本来のものより少し露出は多いけど、共和国人としては馴染み深い衣装だ。

彼女は三叉の尻尾をくゆらせて、俺の方を見た。小さな口元が言葉を作る。

「ええ、ゼノさん……ありがとうございますの。大丈夫ですわ」

「間にあったみたいでよかった」

……どうしたものかな、これは。

商業ギルドに予定より早く戻ってみれば、アルジェさんがこの村に、レンシアにいると聞いて急いでやってきたのだ。

そうして来てみれば、いつものどかなレンシアはまるで魔物の楽園のような有り様で、彼女が――クズハちゃんが戦っていた。

明らかに状況が危険だと感じ、アルジェさんを探すのをフェルノートさんに任せて、彼女を助けに入ったのが少し前の話。

「なんとか防げたけど、本当にどうしたもんか」

ほんの少し前にこちらに向けられていたのは、バジリスク系の魔物が放つ麻痺毒の息。あれを吸い込むと数秒で動きが止まってしまう。そうなったら致命的だ。

どうにかこうにか風の魔法で吹き飛ばしたけれど、状況はすこぶる悪い。

「ギシイイィ……！」

ブレスを防がれたことがよほどお気に召さないのか、バジリスクの顔が耳障りな唸り声をあげる。

そう、『バジリスクの顔』が、だ。

……こんな歪《いびつ》な魔物、見たことがないぞ。

顔だけを見れば砂漠地方に生息するトカゲ型の魔物であるバジリスクだけど、身体は森林地帯にいるオオカミ系の魔物に酷似している。そのくせ尻尾はタコのようになめらかで吸盤がついていた。

異なる魔物同士を切り貼りしたような、あまりにもバランスの悪い姿。

魔物と呼べるのかも怪しいような生き物が、それも一匹や二匹ではなく無数にいる。

既にいくらか討ち倒しているけれど、それでもまだ数が多い。正直なところ、手が足りない。

「こんなところで……アルジェさんを、助けに行かなくてはいけないのにっ……！」

「大丈夫。なんとかするよ」

「くっ……ダメですの、数が多過ぎますわ！　助けてくれたことは感謝いたしますけれど、もう逃げてください！」

どこかが痛むらしく、顔をしかめながらもクズハちゃんがこちらを気遣ってくる。

気遣いはありがたいけれど、アルジェという名前を聞いてますます引き下がれなくなった。

後ろにいる少女があの人の知り合いというのなら、救わずに逃げるなんて選択は無しだ。

「魔力切れを起こした君の方が危険だろう。俺に任せてくれ」

……とはいえ、さすがに状況が悪いか。

多少は腕に覚えがあると言っても、結局のところ俺は商人だ。フェルノートさんやアルジェさんのように、飛び抜けて強いわけじゃない。

周囲の魔物は撥《は》ね返された麻痺毒を嫌がって一時的に後退したけれど、再び襲い掛かってくるのは時間の問題だろう。

「仕方ない、か。余裕はあることだしな」

「……なにを、するつもりなんですの？」

「ん？　ああ、ええと……商人らしく切り抜けようと思ってね」

俺があまりにも落ち着いているから、さすがになにか考えがあると思ったのだろう。クズハちゃんが質問してきた。

商人らしく切り抜ける、と言っても買収は通用しない。相手はどれも魔物で、金なんてものに興味はないだろう。

それでも俺は、懐から金を取り出した。

じゃらりと金属同士が擦れて、耳慣れた音を立てる。

「ちょ……魔物にお金なんて、どうするつもりですの!?」

「使うのは魔物相手じゃないんだよね」

言うよりも見た方が早い。どうせやるなら、盛大にだ。

金、銀、銅。三種三色の硬貨を、ありったけ空へとばら撒《ま》く。

「我らが命の輝きよ。その輝きを、買い与えよ」

シリルという名が与えられた世界共通の通貨。国が分かれているのにも関わらず通貨がひとつなのには、ある理由がある。

それはシリル硬貨ひとつひとつに込められた、非常に高度な偽造防止の施しのためだ。

魔力を少しでも通せば、まばゆく発光する。そういった魔法が込められているからこそ、この硬貨はどの国でも使われる。

ただ光るだけだが、それは特別な輝き。一定時間で光量と色が変わっていくとても複雑な魔法で、偽物はすぐに分かってしまう。

つまりシリル硬貨一枚一枚が、魔道具《アーティファクト》のようなものなのだ。

そのことを踏まえて考えれば、こう言い換えることもできる。

シリル硬貨はその小ささに見合わないほど優秀な、魔力の貯蔵庫である、と。

そして硬貨に込められた魔力を引き出すのが、商業ギルドに伝わる商人魔法だ。

当たり前だが、魔力を引き出した硬貨はただの金属となり、資産としての価値を失う。商人にとって命とも言える金を無価値にしてしまうこの魔法を使うのは、生きるか死ぬかのときだけだ。

いつぞや、アルジェさんに助けてもらったときはこれを使う暇がなかったが、今回は違う。

空に舞った輝きが、強烈な光を放ち、俺へと集まる。

普段ならありえないほど膨大な魔力。制御することも困難だが、その制御さえ『金で買える』。

制御するための魔力すらもシリルから引き出して、俺は魔法を練り上げた。

「金に糸目はつけない。だから、この子の命は俺が買わせてもらうよ。……旋滅の風」

破壊を導く風となった魔力を、周囲すべての敵へと放った。

切り貼りして造られたような魔物たちが、鋭利な風によって微塵《みじん》切りにされる。

断末魔の悲鳴すらも掻《か》き消して、風が荒れ狂った。

過ぎ去ったあと、残っているのは俺たちだけだ。

「……やれやれ。稼ぎ直しだな」

魔力を失って地面に落ちる硬貨を眺めて、俺はつぶやく。

サクラノミヤで得た利益のほとんどを使ってしまったが、仕方ない。必要経費だと思うことにしよう。

「さて、それじゃあ行こうか。アルジェさんは僕の知り合いでもあるからね」

「……貴方、もしかして、アルジェさんの探していた人ですの……？」

「うん。どうやらそうらしいね」

いつか恩を返すと、アルジェさんは別れるときに言ってくれていたのでその件だろう。

律儀さに心地いいものを感じながら、俺はクズハちゃんに手を差し伸べた。

「……？　あれは……？」

ふと、視界の隅をかすめるものがあり、上を見上げる。

月に明るく照らされた空を、黒い影のようなものが飛んでいくのが見えた。

「鳥……いや、コウモリ？」

「ゼノさん、どうかしましたの？」

「ああいや、なんでもないよ」

気にはなったものの、今は彼女と、フェルノートさんやアルジェさんと合流する方が先決だろう。

差し出された手を握り、僕は彼女を助け起こした。

94　お偉いさんは面倒くさがる

遥か遠く、月に向かうように飛翔するコウモリを、僕は望遠鏡を使って見ていた。

隣、望遠鏡ではなく裸眼の視力で僕と同じものを見ている鬼族の女性が、不安そうに話しかけてくる。

「アキサメ様、あの吸血姫《きゅうけつき》を見逃してよろしいのですか？」

「うーん、まあ、いいんじゃない？」

「……か、軽くありませんか？」

「いやぁ、たぶん出て行くとややこしい話になるから……」

旅人ふたりに王国騎士、そして行商人。言ってみれば部外者四人に、共和国の土地を救われたのだ。

今出て行ってなにかを言われるより、素知らぬ顔をしておいた方がいいだろう。

……特に行商人の方は、ふっかけてこられても困るからなぁ。

見たところ商人魔法を使っていた。あれはたぶん小さな家一軒買えるくらいはバラ撒《ま》いただろう。

どの国にも属さないという誓約を立てないと入れない商業ギルドの行商人は、利益を再優先する。

完全に中立であるからこそ、どの国にも行き来が許されている。

他国への侵攻や破壊活動に直接手を貸すことは禁じられていて、流通という意味では重要な存在なので、国としては大事にも無下にもしづらい微妙な存在だ。

彼らは儲けられると思えば、たとえ国相手でもふっかけてくる。そしてうちは貧乏なので、ふっかけてこられても困る。

仕事外ならともかく、仕事ではあまり関わりたくない相手と言える。

こうしてただ状況を静観していたのは、手をくださずに片付けばいいと思ってのことだ。それが思い通りになっただけで満足しておくべきだろう。

ただ、うちの優秀な御庭番は気にいらないらしい。どことなく不満そうにしている。

「ひと声かけてくだされば、私たちは御庭番衆《おにわばんしゅう》の名にかけて、喜んで戦いますよ？」

「いやぁ、戦力は温存しておきたくてね」

「戦力、というと……なにか、あるんですか？」

「今のところはなにも。ただ……帝国の動きが気になるんだよ」

「帝国の……確かに、最近の動きは妙ですね」

「うん。ここ最近、明らかに帝国は『やる気がない』。そのくせ散発的には王国に仕掛けて、戦争状態だけは保っていてね……なにかあるんじゃないかって思うんだ」

「……いくら帝国が軍事大国とはいえ、王国だけでなく共和国にまで戦争を仕掛けるなんてことはないと思いますが」

「僕も無いと思うよ。僕が知る限りの帝国なら、ね」

そう。僕が知っている帝国なら、さすがにそこまで状況が見えないことはしない。大国ふたつを相手取って、勝機があるとは思えない。

けれど僕が知っている帝国は、ここ最近集めた情報にあるような手ぬるい戦争なんてしないはずなのだ。


頭の中、御庭番衆を使って仕入れた王国と帝国の戦争状況を整理する。ここ数年、明らかに帝国は手を抜いている。

まるで喉笛に噛み付く機会を窺っているかのような、不気味な動き。

たとえ今すぐこちらに仕掛けてこなくても、もしも王国が滅びた場合、調子づいた帝国が今度は共和国に狙いをつけても、おかしくはない。

……王国に手を貸すことも視野、かな。

ヨツバ議会に所属する僕以外の三人がなんと言うか次第だけど、勢力としてどちらにつくかと言われれば王国の方が安全だろう。

あそこは王政が敷かれているけれど、絶対的な君臨をしているわけではない。各地の領主は結構好きにやっているようだし、同盟国には寛容だ。

「ま、準備だけはしておこうか、ハボタン。なにが起きてもいいように……ね」

「はい。我ら御庭番衆、悉《ことごと》く貴方に従います」

「いやぁ、本当に助かるよ。引き続き、情報収集お願いね」

「ははっ……」

服従の意を示してから、ハボタンが闇に呑まれるようにして消える。

相変わらず、その大きさに似合わない隠密力だ。

「さてさて、僕も戻ろうかな……ほんと、面倒な世の中だよねぇ」

代々受け継がれてきた役目とはいえ、国を維持するのはなかなか大変だ。

毎日ぼうっとして過ごせればいいのだけど、そうもいかない。

世の中は常に動いていて、ただぼうっとしてるだけでは置いて行かれるばかりなのだ。

自分のことを賢く立ち回れるやつだなんて思えないけれど、やれることはやっておこう。

僕にだって、愛国心や守りたいものくらいはあるのだから。

今後の方針を自分の中で定めて、僕はその場を後にした。

95　吸血姫は諦めない

「ああ、損害ね。損害だわ」

我ながら、手ひどくやられた。

肉体や魔力の損失は大したことはない。むしろ身体の方は、傷のひとつもないくらいだ。

深刻な被害を受けたのは、各地で『素材』を集めて造った私のお手製の魔物たち。

どれも比較的理性が残っていて、私の言うことをよく聞いてくれる子たちだったので重宝していたのだけど、今回の件でほとんど失ってしまった。

「あなたが残っていただけでも、よしとするべきかしら。バンダースナッチ」

名前を呼ぶと、バンダースナッチは犬のようなふたつの頭を振って嬉しそうにする。ふふ、可愛い子ね。

ふかふかの毛並みを撫でることを慰めにして、私はバンダースナッチに腰掛ける。

そろそろ日が昇ってしまうから、適当な日陰で休むとしましょう。

「ふふふ、楽しかったわぁ」

切り裂かれた衣服を撫でる。お気に入りのドレスを破かれ、目的のものを手に入れることはできなかったけど、お互いの認知と、吸血はできた。

もちろん、本当を言うと抵抗を許さずに私のものにしたかったのだけれど、予想外の出来事が重なってしまったのだから、仕方ない。

予想外の強さ、予想外の救援、予想外の隠し玉。そして――

「――予想外に、成長したかしら」

あまりにも無垢な心を持っていたせいか、ついつい構い過ぎてしまったかもしれない。

そうした予想外が重なって、目論見を完全に果たすことはできなかった。それは本当に残念。でも、面白くもなった。

「無垢な女の子も素敵だけど、自分の魅力を自覚した女の子もとってもとっても素敵だものね」

唇の端を舐めれば、まだうっすらと血液の甘さを感じられる。

ほんの少し血液を舐《な》めただけでも、今までに感じたことがないほど密度の濃い魔力の味が口の中を満たす。ますます欲しくなってしまった。

アルジェント・ヴァンピール。あの銀色は、必ず私が手に入れる。

「私という理不尽を見てなお、抗おうとするなんて、とても美しいものね」

世の中は理不尽にまみれている。

どれだけ尽くしても、望んでも、手を伸ばしても、それが叶わないときはある。そして弱いものは、理不尽に押しつぶされる。

それはひどくひどく、当たり前のこと。異を唱えるのは、弱者の遠吠えにすぎない。

けれど、その理不尽に抗うだけの強さを持っているものもいる。

理不尽に遭遇してなお、立ち向かって、噛み付いて、たとえ勝てなくてもなにかを得るものが。

そういうものが、私は好きだ。

「……私も、あのとき……いえ、いいえ。今更ね」

過ぎ去った時間が戻らないのもまた、当たり前のこと。

言葉にしたところで意味がないものを呑み込んで、私はバンダースナッチに身体を預けた。

双の頭と尻尾を嬉しそうに振るって、バンダースナッチが大地を蹴る。

清々しく冷たい夜風は段々とぬくもりを持ち、忌々しく暖かい朝の訪れの前触れを感じさせた。

「まずはしっかりと魔力を回復させて、服を着替えて……それから、また準備のやり直しね」

すぐに再会を望むほど、自分の力に自惚《うぬぼ》れてはいない。

完璧であるためには、相応の努力や準備が必要なのだ。

厄介な魔具《アーティファクト》のこともある。今度はもっと入念に、破られないようにしなければ。

「ああ……」

口元に手を添えれてみれば、唾液で濡れた唇の形は、笑みだった。

……笑っているのね、私。

声を出すのではなく、ただ、笑っている。

その事実に満足して、私はバンダースナッチの毛皮に埋もれた。
「少し眠るわ。バンダースナッチ、日陰までよろしくね」
睡眠は魔力の回復にいい。
どうせ日が出ている間はろくに動けないのだから、お昼寝にするとしましょう。
獣の匂いと浅い揺れを感じながら、瞳を閉じる。
夢を見ないよう、深く意識を沈めるつもりで、私は眠りに入っていった。

登場人物　アルジェント、ゼノ、エルシィ

名前：アルジェント・ヴァンピール
種族：吸血鬼
身体能力：素早さ極

技能
吸血3
霧化10
蝙蝠化10
影化10
血の契約10
ブラッドリーディング10
ブラッドアームズ10
ブラッドボックス10

言語翻訳10
言語解読10
嗅覚強化1
視覚強化1
魔力強化10
回復魔法10
風魔法1
闇魔法1
火属性耐性10
水属性耐性10
聖属性耐性10
闇属性耐性10
日照耐性10
毒耐性10
呪い耐性10
魔法耐性10

契約魔具《アーティファクト》
夢の睡憐《すいれん》

☆一言
「はたらきたくない……」

☆詳細
異世界転生した吸血鬼の美少女。長い銀髪が特徴的。

元男性。転生前の名前は玖音銀士《くおんぎんじ》。

高いスペックと美しい容姿に見合わないものぐさで、「三食昼寝付きで養ってもらう」というダメすぎる目的のために、養い手を探して旅をしている。

契約した魔具《アーティファクト》、夢の睡憐《すいれん》は刀型であり、「触れられないものを切断する」効果を持っている。水や風はもちろん、魔力や地脈さえも切断することが可能。

異世界に転生し、友達を得た。ストーカーも得た。

目に見えるものだけではなく、目に見えないものに目を向けるのは、いつの日か。

☆吸血鬼コメント
アルジェ「だから、自分についてコメントしても仕方ないじゃないですか。寝ますよ」

名前：ゼノ・コトブキ
種族：人間
身体能力：魔力寄り

技能
風魔法3
火魔法2
商人魔法5
記憶術2

速記3
道具鑑定5

☆一言
「あ、どうも行商人のゼノ・コトブキです。ちょっと見て行きませんか？」

☆詳細
共和国出身の行商人。

アルジェが転生してすぐの頃に命を救い、世話になった人間。

少しムッツリの気があるが、わりといい人。

フェルノートとともにアルジェを探していたが、向こうも探していたため首尾よく会うことができた。


行商人は商業ギルドに所属するものたちのことで、「どこの国にも所属しない」ことを条件に、どの国にも出入りを許されている。

国に対して武器を売るくらいなら問題はないものの、スパイ活動や破壊工作など、国の動きに直接関わることは禁止であり、国に加担することも後ろ盾を受けることもできない。

反面、国境に縛られない強固な繋がりを持っている。ある意味で「商業ギルド」というひとつの国家に所属している存在。

そのため、ゼノも出身こそ共和国ではあるものの、共和国人として扱われることはほぼ無い。

記憶術は物事をよく覚えておくための技能。言葉なら一言一句、動作なら指先の動きまで精密に記憶しておくことができる。

ただし、技能レベルはそれほど高くなく、意識した数秒を記憶するに留める。主に交渉中などに使用。

速記は高速で文字を書ける技能。高レベルになると文字以外、例えば図形なども描けるが、このくらいのレベルならば文字のみに留まる。

商人魔法は商業ギルドに伝わる特別な魔法で、シリル硬貨の偽造防止魔法を魔力へと転用する。

一時的に膨大な魔力を得るが、結果として魔力を抜き出した硬貨はただの金属になってしまう。文字通り、「魔力を買う」技能。

このことから、行商人が商人魔法を使うことはほぼない。基本、金の亡者だからである。

☆吸血鬼コメント
アルジェ「ちょっとムッツリですけど、いい人ですよ。養われたいとはあまり思えませんけど」

名前：エルシィ
種族：吸血鬼
身体能力：種族特性特化

技能
ブラッドクラフト5
ブラッドケージ6
ブラッドボックス4
ブラッドリーディング3
血の契約4

吸血7
霧化4
蝙蝠化5
影化4
闇魔法6
魔力強化4
視覚強化3
聴覚強化2
闇耐性5
呪い耐性7

☆一言
「さあ、楽しく遊びましょう?」

☆詳細
世界中で指名手配されている迷惑吸血鬼。フェルノートいわく、「首を取れば一生分食べるのには困らない」らしい。

金色のツインテールに少女じみた体軀《たいく》、コウモリの髪飾りと見た目は可愛らしいものの、実際は百年近く生きている。

性格は享楽的で刹那的……な面もあるものの、それだけではなく意外なほど細やかで几帳面な一面もある。念には念を入れ、無理はしないタイプ。

女の子が好きで、男を嫌っている。

ブラッドクラフトはブラッドアームズに似ているものの、こちらは簡単なものであれば道具も製作可能。

ブラッドケージは生き物を収納することができる珍しい技能。ただし対象の同意がなければ収納することはできない。

魔物の身体を部分的に取り替えたり、洗脳するなどして自分好みの兵隊を作ることができる。これは闇魔法や契約技能を応用してやっているらしい。

アルジェのことを気に入り、追いかけ回すことに。

吸血姫《きゅうけつき》と呼ばれ、理不尽な存在のひとつとして知られているが、どちらかというと理不尽であろうとしているフシがある。


魔法が得手だが、人の隙を突いて鋭く踏み込むなど、単純な戦闘力も高め。


吸血鬼の吸血は、吸血鬼側の精神次第で相手に快楽や痛み、熱などを与える。

エルシィの場合は同性に対する愛が強く、吸血される側に破滅的な快楽を与える。

男性は嫌いなため、吸血すると相当な痛みを相手に与えると思われるが、本人が男の血を吸いたがらないので実際は不明。

☆吸血鬼コメント
アルジェ「……あのまま、また噛まれてたら……あ、なんでもない、です……その、面倒くさそうな人ですよね」

96 流れる夢のように

「ん……」

瞳を開けたら、くすぐったかった。

その理由は簡単。彼女の長い黒髪が、こちらの鼻先にかかっているからだ。

「……流子ちゃん？」

「はい、おはようございます。銀士さん」

嗅ぎなれた匂いの名前を呼ぶと、見なれた笑顔と聞きなれた声で返答される。

……また、夢ですか。

アルジェント・ヴァンピールではなく、玖音銀士《くおんぎんじ》としての記憶。それを夢として、追うように体験している。

夢の僕を起こしてくれたメイド服の女性は、水城流子《みずしろりゅうこ》ちゃん。

玖音の人間として不適格の烙印を押された僕が、この部屋に囚われて数日経った頃にやってきた、僕のお世話係だ。要らなくなった人間でも、こういう人は充てがわれるらしい。

艶《つや》やかな黒の長髪に、実年齢——二十歳《はたち》以上らしい——よりも幼い、十代の少女のような顔立ち。

本当なら流子さんと呼ぶのだけど、本人たっての希望でちゃん付けで呼んでいる。いや、呼んでいたと言うべきか。

　頭を飾る白のフリルを揺らし、流子ちゃんが微笑んだ。

「いつも思うんですけど、ねぼすけさんですよね、銀士さん」

「ここに入ってからすることがないもので、つい眠る時間が長くなってしまうんです」

「……確かに、ここは娯楽が少ないですね。今度、ボードゲームでもお持ちしますよ」

「いえ、そこまでは」

「ふふ、そうですか？　お相手しますよ？　……さ、ご飯ができましたから、起きてください」

「ありがとうございます」

　記憶の中、過ぎ去った過去となっている会話。

　相手の言葉も僕の返答も、すでに知っている。

　……どうして、昔のことを夢に見るんでしょうか。

　異世界に転生してから、過去の夢を何度も見ている。

　まるで記憶をたどることに意味があるとでも言うように、何度も、何度もだ。

　記憶の中の僕は自動でベッドから下りて、食卓へと歩を進める。意識だけの僕はそれをただ、じっと見ていることしかできない。

「ご飯くらい、自分で作るんですけどね」

「さすがにこれくらいはさせて頂かないと私、本当にすることがなくなってしまいます」

「はあ、そうですか」

流子ちゃんが笑みで、「さあどうぞ！」と促してくれるので食卓につく。

テーブルの上には焼き鮭やおにぎり、お味噌汁といった、和風な料理が並んでいた。

正直なところ、黙っていても食事が出てくるのはありがたいことなので、素直に頂くことにした。

反対側の席についていただきますを言って食べはじめると、流子ちゃんも対面に座った。

どういうわけなのか、彼女はよくいっしょにご飯を食べてくれるのだ。

「おいしいですか？」

「ええ、とても」

「ふふ、銀士さんは表情が動かないから、聞かないと分からないんですよね」

「わーこれすごくおいしーい」

「表情変えずに声色だけ嬉しそうにするのやめましょう!?　ホントかどうか判断できなくなりますから！」

「そうですか、分かりました」

「もう、嬉しそうにするならちゃんと顔も笑った顔にしてください」

文句を言いつつもどこか楽しそうに、対面の相手は箸を進めている。

ご飯くらいは自分で作れるけれど、作ってもらえてありがたいのは本当だ。それがおいしいものであれば、尚更に。

「三食昼寝付きの生活……こんなに楽に生きて、いいんでしょうか」

「たぶん、ここの事をそう言うのは、銀士さんだけだと思いますよ」

「そうですか?」

「……ここ以外にもいくつか同じ部屋があります。でも、ここまで長く保《も》っているのは、銀士さんだけです」

保っていると言われ、ぼんやりと想像がついた。

僕が産まれた玖音家は、世界のすべてを手中にしていると言っても言い過ぎではないくらいの大家だ。

だからこそ家人は常に完璧を求められ、そうでない人間は不要の烙印を押されて、幽閉される。

夢の中にいる僕も、そのひとりだ。

僕よりも前にこの部屋に連れて来られた人たちは、たぶん耐えられなかったのだろう。己の扱いに耐えられなくて、死を選んだのだ。

僕にはその気持ちは分からない。いらないものが捨てられるのは、当たり前のことだと感じるからだ。

必要の無くなったものや、古くなったものは捨てる。そんなのは誰でもやっていること。

ならばどうして、自分が「そうなる」可能性を考えないのだろう。

夢の中にいるあの頃の僕も、転生してアルジェント・ヴァンピールとなった今でも、そこが分からない。

「自分はいらなくなった……ただそれを受け入れるだけのことが、そんなに難しいんでしょうか？」

「難しい……というか、まず不可能だと思います。だからこそ、この部屋があるんです」

「この部屋が……？」

「……外界から隔絶し、いらないとする。人の……それも必要であることをずっと求められてきた玖音の人間の心を壊すには、十分すぎる場所です」

言われた言葉の意味は、なんとなく分かる。だってこの部屋は、あまりにも綺麗すぎるから。

僕がここに来たとき、調度品だけでなく、壁や天井、床の隅々までが新品のような有り様だった。

それなのに鉄格子の向こうの壁や階段は古く、まるで部屋だけが新しくここに置かれたような景色なのだ。

まるで使われるたびに使いものにならなくなって、新しく造り直しているような、妙な雰囲気。

溜め息を吐いて、流子ちゃんが言葉を続ける。

「心を壊し、周りを壊し、けれどそれでも届かなくって……最後には、自分を壊す。それが、ここに入れられた人たちが、例外なく辿ってきた道です……貴方が現れるまでは」

「……流子ちゃんは、何度か見てるんですか？」

「……ええ」

表情を曇らせて、流子ちゃんは箸を置いた。

明らかに食べる気を失った相手を放置して、夢の僕は箸を動かす。

意外ときちんと味を覚えているらしく、「懐かしい」と思う程度には、意識だけの僕も食事の味を感じて、思い出していた。

「……貴方のことを怖がる声も多いのです。だからこそ、私のような慣れているものがついているのですが」

「……それ、僕に喋《しゃべ》っていいんですか？」

「ダメ、でしょうね。でも、銀士さんはどうせ気にしませんし、ここは監視されたりもしてませんから」

諦めたような、安堵したような笑顔で、流子ちゃんが笑う。

あのときの僕はどうして笑うのか分からなかった。今の僕も、正直どうしてなのか分からない。

それでも夢の中でもう一度出会った笑顔は――不思議と、悪いものではないように思えた。

「銀士さんは変な人、ってことです」

「そうですか？」

「はい、とっても。だから……ここから出られなくても、生きていてほしいです。私ももう、壊れてしまう人を見るのには……疲れましたから」

どこか祈るような、願うような言葉。

それを渡された僕が、なんと答えたか。僕はそれを知っている。覚えている。

けれど、夢の中の僕がその言葉を紡ぐ前に、意識が浮かんだ。

……「大丈夫ですよ」と、僕はそう言ったんですよね。

不可抗力というか、眠っている間のこととはいえ、渡した言葉を守れなかった。

僕は長生きすることなく、あっけなく死んでしまったのだ。

胸の奥に小さな針が刺さるような感覚すら置き去りに、僕は夢から醒める。

誰かが、名前を呼んでいる。

呼ばれている名前は——どちらだろうか。

97　これからのことを

「……ん」

誰かに名前を呼ばれているような気がして、意識が浮かんだ。

「アルジェ……起きたの？」

聞き覚えのある声で、名前を呼ばれる。

どこか陽だまりのような優しい匂いは嗅ぎなれないけれど、不思議と安心した。

瞳を開けてみれば、その人の顔――ではなく、巨大な重量物がふたつ。

「おっぱ……フェルノートさん。おはようございます」

「待ちなさい、今なにか変なこと言いかけたでしょう」

「気のせいだと思いますよ」

目を開けていきなり飛び込んできた景色が景色だったのだから、言い間違えそうになるのも仕方ない。ただフェルノートさんが明らかに不機嫌そうな声を出したので、否定しておいた。

……膝枕、ですよね。

後頭部に当たる柔らかさは、地面のように安定感のあるものではなく、ふにゃりと歪曲してこちらを受け止めるようなものだ。

体温のぬくもりもあるので、膝枕で間違いないだろう。

フェルノートさんは不機嫌そうにしばらく唸ったあと、溜め息を吐いた。顔は見えないけれど、追求を諦めてくれたと分かる程度には盛大な溜め息だ。

「……まあ、いいわ。気のせいってことで」

「それはどうも。ところで、ここどこですか？」

「レンシアから少し離れたところよ。騒がれるのも面倒だから、出てきたの」

「そうでしたか」

周囲、首が回る範囲を見渡してみれば、日が昇っていることくらいは確認できた。朝か、お昼前くらいかな。

「それよりアルジェ、どこか変なところはない？　怪我とか、呪いとか……一応、私の回復魔法は一通り使ったのだけど」

「ええ、大丈夫だと思います」

「ほんとに？　あの吸血姫《きゆうけつき》に、なにもされなかった？」

「っ……！」

言われた言葉に無意識に反応して、跳ね起きようとしてしまう。

結果として、起きることはできなかった。

眼前には巨大な障害物がふたつもあるのだ。無理に起きようとすれば――

「――きゃっ」

「うぐっ」

当然、ぶつかる。

ぶつかってみるとサツキさんと違って柔らかく、案外個人差が……じゃなくて。

「ご、ごめんなさい、フェルノートさん」

さすがに今のは気まずいので、改めて離れた。

フェルノートさんは服を軽く正してから立ち上がる。怒ってはいないようだけど、眉尻を下げた顔は不安げだ。

「アルジェ？　ほんとに大丈夫？　なにかあるなら、ちゃんと自分で回復魔法使いなさいよ？　貴女なら傷や呪いはそれでなんとかできるでしょう？」

「う……はい」

フェルノートさんは心配してくれているようだけど、僕が感じているこれは呪いや傷のたぐいではない。

エルシィさんに肌を晒され、撫でられ、舐《な》められて——血を吸われた。

そしてそのときに感じたぞわぞわがなんなのかを指摘されて、知ってしまった。

「……だいじょうぶ、ですから」

なによりもそのことを目の前にいる人に指摘されたという事実に、頬がかっと熱くなる。

自分の肌が朱色に染まっているのが、感じる熱で理解できてしまうほどだ。色白なのでひどく目立って、みっともないことだろう。

恥ずかしさから逃れるように視線を逸らしながら、絞り出すように言葉を作るのが精一杯だった。

「……そ、そう。それならいいのだけど」

フェルノートさんが気まずそうに言葉をこぼす。たぶん、気を遣われているのだろう。

申し訳なくなるけれど、せっかく気を遣ってくれたのに自分からそこに踏み込む気にはなれない。

話題を変えるために、気恥ずかしさを振り払って僕は質問する。

「あの、フェルノートさん。どうして共和国に？」

「…………」

「ええと……フェルノートさん？」

「あ、え!?　な、なに、アルジェ!?」

気が逸れていたらしく、フェルノートさんは慌ててこちらに言葉を返してくれる。

理由は不明だけど、様子から判断するにこちらの言葉は聞いていなかったようだ。

「大丈夫ですか？」

「え、ええ。平気よ。ちょっとこう、破壊力が高くて！」

「破壊力……？」

「アルジェがかわ……じゃなくて！　ええと、な、なんの話かしら!?」

「あ、はい。フェルノートさん、どうして共和国にいるんですか？」

「……どうしてもなにも、貴女を探しに来たに決まってるでしょうが」

「僕を……？」

「ええ。いきなりいなくなるから……心配したのよ？」

相手の口調は咎《とが》めるようなものだけど、顔はどこか安心しているようにも見える。

そんなフェルノートさんを見て、浮かんだのは疑問だ。

……それだけのために、わざわざ？

確かに、理由があったとはいえ、僕は彼女に別れの挨拶も無しに出てきてしまった。心配されたり、憤っても仕方がないとは思う。だけどそれだけのことで、国を出てくるのはちょっとやりすぎな気もする。

まして僕は行き先を告げなかったから、会えるかどうかも分からなかっただろうに。

「ごめんなさい、フェルノートさん」

いずれにせよ、相手が心配していたことは間違いないのだ。きちんと謝っておくべきだと思い、頭を下げる。

細く、柔らかいものが髪をかき分ける感触。それが手指だと気付く頃には、もう撫でられていた。嫌だとは思わなかったので、素直にされるがままになる。撫でる手付きは優しくて、子供をあやすかのようだった。

「もう、なにも言わずに消えるのはやめてね」

「……はい、分かりました」

「そうよ。今度は許さないんだから。約束よ？」

「分かりました、約束します。……ん？　今度？」

「なによ。ついていったらいけないの？」

「……フェルノートさん、僕の目的知ってますよね？」

僕がこの世界を旅しているのは、「三食昼寝付きで養ってくれる人を探す」という目的があるから。

フェルノートさんはそのことにかなり否定的だった。それなのに、ついてくるというのだ。止めたりお説教ならともかく、これはちょっと予想外の展開だった。

その予想外を言い出した相手は大きな胸を見せつけるかのように、ふん、と張る。たぶんそんなつもりは無いのだろうけど、身長差もあって目の前の景色はだいぶ凄い。揺れが。

「覚えてるわよ、それくらい。でも、そんな相手そうそう居るわけないでしょう？　いつでも諦めてちゃんとした生き方ができるように、ついていって常識を教えてあげるわ！」

「……ええと」

どうしよう、思考が飛躍してるようにしか見えない。

意味が理解できないでいるうちに、フェルノートさんが得意げに言葉を続けた。

「アルジェは世間知らず過ぎるんだもの。フラフラして、さっきみたいに変なのに絡まれても困るでしょう？」

「……それは、確かに困りますけど」

昨夜、エルシィさんは退いてくれたものの、諦めたという雰囲気は微塵《みじん》もなかった。

もともと僕を監視していた前科もある。放っておけば、また来るのだろう。

そのときにフェルノートさんがいてくれるなら、心強いというのが正直な気持ちだ。

……拒否しても無理やりついてきそうですしね。

今しがた、黙っていなくならないと約束をしたばかりでもある。

理由があったとはいえ、不義理をしたのは僕の方が先なので、拒否権はないと考えた方がいいだろう。

フェルノートさんは戦力としては十二分だし、旅をする上で困ることもない。

「……分かりました。そういうことなら」

「ええ。よろしくね、アルジェ」

差し出された手を取ると、細い指が優しく捕まえてきた。

軽い握手。ある意味では約束の結びとも言えるそれを終えて、フェルノートさんが離れる。ところで、と前置きがあって、それから言葉が紡がれた。

「アルジェ、ゼノに用があったのよね？」

「はい。アルレシャに来る前に随分お世話になったんですけど……そのときの僕はなにも返せるような状況ではなかったので、保留になっていたんです」

「ええ、聞いてるわ。私との話が終わったら手伝ってほしいことがあるって、ゼノが言っていたわ。向こうの馬車にいるはずだから、行きましょうか」

指し示される方には、確かに一台の馬車が止まっている。

複数の馬を使って引く設計がしてあると一目で分かるくらい、大きなものだ。そしてよく見ると、馬の一頭には心当たりがあった。

……ネグセオーも来てたんですね。

お互いの状況は分かるので、向こうが戦闘の終了を察して戻ってきて、クズハちゃんが僕の馬だと説明してくれた。そんなところか。

黒くつぶらな瞳と目が合うと、ネグセオーはぶふぅっ、と鼻息を吐く。無事でなにより、とでも言いたげな雰囲気だ。

なにか言葉をかけようか。そう思って――

「変態がいますわー!!」

――聞きなれた声の悲鳴が響いた。

98　恩を返すということ

悲鳴を聞いて馬車の中に入った僕が見たのは、かなりひどい光景だった。

具体的にはクズハちゃんが己の分身体であるブシハちゃんを使って、ゼノくんを押さえつけていた。

どう見ても狐の方が悪者だけど、クズハちゃんの瞳には明らかな怒りがこもっていて、ただならぬ雰囲気だ。

「どうしました、クズハちゃん？　ゼノくんになにかされました？」

「ゼノ……こんな子供に？」

「してません！　してませんから！　なんでフェルノートさんまで疑ってる感じなんですか!?」

「ええ、私はなにもされておりませんわ。問題は、こっちですのよ！」

言って、クズハちゃんが指差した先。木箱に腰を下ろしている人物がいる。

その人は白っぽい服を着ていて、その上から全身をベルトのようなもので丹念に巻かれていた。髪や瞳、耳や手足に至るまで、なにもかもを服ごと革ベルトで封鎖された状態だ。おまけに手首と足首には鎖がまとわりつき、鉄球まで付属している。

随分と厳重に拘束されているけれど、ギチギチに巻かれているからこそ胸の膨らみが強調されて、腰掛けているのが女性だということが窺えた。

「ふあぁふ」

拘束された女性がそんな声を発した。

言語翻訳の技能が上手く働かなかったのではない。彼女の口に無理やり半開きとなるように、器具がつけられているのだ。たしか開口具《かいこうぐ》と言うものだっけ。たぶん最低限の食事を与えるために、ああされているのだろう。

歯並びの良い白い歯と、真っ赤な唇と舌。それくらいしか彼女本人の色が見えないほど、厳重に梱包されている。

「……ええと、ゼノくんの趣味ですか？」

「そんなわけないでしょう!?」

言い訳がきかない感じなので一応聞いてみたら、即座に否定された。

さすがにゼノくんの趣味ではないことくらいは分かるけど、お客さんの扱いにしては少し大仰すぎる。

積み荷扱いどころか、猛獣のほうがまだマシな扱いを受けるんじゃないだろうか。

「フェルノートさん、この人は？」

「……その人は、サクラノミヤに来る少し前に拾ったのよ。奴隷として売られそうになっていたところを、ちょっとね」

ちょっと、と言葉を濁されたけど、明らかにフェルノートさんが絡んでいるのは明白だ。この人はそういうことを見過ごせないだろう。

たぶんゼノくんより、フェルノートさんの方が率先して彼女を助けたんじゃないだろうか。

……これはクズハちゃんが怒ったのも無理はないですね。

いまだに怒りの矛先を求めるように狐の耳をぴんと立たせているクズハちゃんは、僕と出会った頃、奴隷のような扱いを受けていた。

その反動か、もともとそういう気質なのか、クズハちゃんは身勝手に人の自由を奪い取る人をかなり嫌う。エルシィさんにだって、明確な敵意を向けていた。

そのクズハちゃんがこういう光景を見れば、怒るのは当然だ。

ましてこの馬車はゼノくんのもので、ふたりは出会ったばかり。所業を疑われても仕方がない。

「クズハちゃん。それはゼノくんの趣味とか仕事とは無関係だそうです」

「……そうなんですの？」

「さっきからそう言ってたじゃないですか……」

僕に言われて、ようやくクズハちゃんは分身体のブシハちゃんを引っ込めた。

見た目は子供とはいえ、獣人の力。押さえつけられていたゼノくんは、けほけほと苦しそうに咳をして呼吸を整え、それから改めて拘束されている人を紹介してくれた。

「フェルノートさんの言う通り、その人は少し前に救った人なんですが……拘束具が強力な呪いに犯されていて、どうやっても外すことができないんです」

「……つまり、頼みごとはその人ですか」

「ええ。助けてしまったものですから。拘束具を外して、家に送り届ける手伝いを、アルジェさんにしてもらえないかなと」

「……それって、ゼノくんへの恩返しになります？」

「ここまで厳重に捕縛されるということは、希少種族か、強力な力を持っているということです。

希少種族なら爪の先でも金銭的な価値がありますし、強力な力を持っているなら危険なところに仕入れに行くときに力を貸してもらえるかもしれません」

「……まあ、確かに」

ほとんど建前のようにも思えるけど、商人としての筋は通っているような気がする。

ゼノくんは行商人だけど、返してもらえるかどうか分からない僕にお金を渡してきたりして、単純な損得だけで動くという感じではない。責任感が強いというか、拾ったらちゃんと面倒を見るという感じかな。

いずれにせよ、「それで恩を返してくれ」と言われれば、僕に拒否権はない。

「では、まずは呪いから外します」

相手は開口具のせいで言葉とも吐息とも取れないものをこぼすばかりで、こちらの存在に気付いているかも不明だ。

まずは呪いを解かないと、話をすることもできない。そう判断して、僕は意識を集中した。

自分の中にある魔力。それを手のひらに集めて、魔法を作り出す。

「外れてください」

発動のために適当な言葉を紡げば、望んだ通りの力が広がる。

魔法による解呪は簡単に成功し、女性の全身を覆うように巻かれた大量のベルトが、するするとひとりでに外れて落ちていく。

まるで蝶のサナギが殻《から》を脱ぎ捨てて羽根を広げるように、白のマントがはためいた。どうやら服どころか外套《がいとう》ごと巻かれていたらしい。

白の服はところどころに黒や金の刺繍が施されていて、かなり高級そうだった。

ぱきんと見た目よりも軽い音を立て、手足を拘束していた鎖がちぎれた。

「ん、あ」

言葉とともに、開口具が床にこぼれ落ちる。

ぱさりと広がった長髪は、淡い金髪。その隙間から、ぴんと尖《とが》った耳が顔をのぞかせた。

急に光を見たためか、紫の瞳が涙を浮かべてまたたいた。

すらりとした美しい目鼻立ちをした顔。褐色の身体は全体的に細く、繊細な印象を受ける。

「ダークエルフ……!?」

「随分と美人……じゃなくて、希少種が出てきたな」

フェルノートさんの驚く声と、ゼノくんの妙に冷静な声が馬車に響いた。

ダークエルフと呼ばれた褐色の女性は、涙のしずくを手指で拭うとしげしげと周囲を見渡した。

見た感じはお姉さんという容姿だけど、興味深そうに景色を瞳に映す様子はまるで少女のようだった。

「……ここは、どこでしょうか？」

初めて放った意味のある声は、当然のように疑問だ。

「なんて言ってますの……？」

「……ゼノ。今の分かった？」

「いえ……エルフやダークエルフは古くからある種族特有の言語を使うものもいるので、それだとは思いますが……」

ふたりと一匹が困惑した様子でヒソヒソしているところを見るに、彼女は相当珍しい言葉を使っているらしい。

こういうとき、言語翻訳の技能は便利だ。どんな言葉でも意味を訳してくれるし、こちらの言葉も意味を届けてくれる。

「ここは共和国ですよ」

「共和国……ヨッバ共和国、ですね？」

「はい。あと、僕たちはあなたに敵意はありません」

「ええ。それは、分かります。先ほど呪いを解いてくれたあたたかな光は、あなた様のもののようですから」

「はい。僕の名前はアルジェント・ヴァンピールといいます。長いのでアルジェでいいですよ」

「アルジェ様、ですね。わたくしは、リシェリオール・アルク・ヴァレリアと申します。どうかリシェルと呼んでいただければと思います」

お辞儀をする仕草はどこかうやうやしくて気品があり、育ちの良さが窺えた。

こちらが頭を下げるよりもずっと長い時間、金糸のように細い髪を垂らして、彼女はお辞儀を終える。

形の良い唇と瞳を弓にして、僕よりもさらに長い耳をぴこぴこと動かしながら、自己紹介の継続が来た。

「ヴァレリア家三十六代目当主として、魔大陸にて小さいながらも領地を治めております。ヴァレリア家の名において、此度《このたび》助けていただいた恩は――」

――言葉を紡いでいる途中で、盛大な音が響いた。

はきはきと淀みなく、堂々とした言葉によって生まれた凛《りん》とした空気を台無しにしたのは、リシエルさん本人のお腹の音。

「あ……ぅ……」

「……見たところ、暫《しばら》くにろくにご飯も食べられなかったんでしょうし、とりあえず朝ご飯にしませんか？　僕もお腹すいてますしね」

聞いた言葉をゼノくんたちに伝える手間もある。そう考えて、僕は提案した。

リシエルさんは褐色の肌が朱に染まるほど恥ずかしがりながらも、消え入りそうな声で、

「も、申し訳ありません……お願いします……」

相当恥ずかしかったようだけど否定しなかったので、かなりお腹はすいているのだろう。

ゼノくんは行商人だから、売り物にしろ自分たちのものにしろ食材は十分に持っているはずだ。

魔大陸とかよく知らない単語も出てきたことだし、まずはご飯を食べながら情報を整理するとした方が良いだろう。

99　お嬢様のお食事

「……ご馳走様でした」

そう言って、頭を下げるリシェルさんの動きは気品に満ちている。自分のことをヴァレリアという家の当主だと言っていたし、やはり育ちが良いのだろう。

褐色の長耳をぴこぴこと揺らすその様子は明らかに上機嫌で、気品のある仕草と合わせてとても絵になっている。

けれど、そんな彼女の様子を見ても、周囲は沈黙していた。

それは「言葉が通じなくて、彼女の食事が終わったのだと理解ができない」なんて理由ではない。僕だって言葉に困っているくらいだ。

やがて、ゼノくんが絞り出すように言葉を作った。

「三日分の食料が……」

そう。リシェルさんはとんでもない量の食事をひとりで平らげてしまったのだ。

はじめは全員でふつうに食事をしていた。僕もお腹がすいていたし、魔力切れを起こしたクズハちゃんは「食事をちゃんと摂るのは魔力の回復にいいんですのよ」と、いつも以上に食べていた。

そうしているうちにリシェルさんのお皿はあっという間に空になり、彼女は言いづらそうに、

「あの、お代わりをいただけますか……？」

言葉が通じなくても表情で察したゼノくんがすぐに追加を持ってきた。それが悲劇の始まりだった。

三杯目くらいで、ゼノくんが微妙な顔をしながらもお代わりを出すようになった。

五杯目で、フェルノートさんが「見てるだけで満腹になるわ」と箸を置いた。

八杯目でクズハちゃんが食べ終わり、興味深そうにリシェルさんの食べっぷりを眺めはじめた。

十杯目を超えたあたりで、数えるのが馬鹿らしくなったのでぼうっと眺めることにした。

そうして今、ようやく食事が終わり、結果として出た『被害』はゼノくんいわく食料三日分らしい。あの細い身体のどこに消えたのだろう。

「……まあ、暫《しばら》く食べてなかったようですし」

「そ、そうですのよ。きっと何日もまともな食事を摂っていらっしゃらなかったんですもの。たくさん食べるのも仕方ありませんわ！」

クズハちゃんから微妙なフォローが飛んで、ゼノくんが諦めたように頷いた。

とはいえ食事も摂り、一息もついたから、話を進めてもいいだろう。

面倒だけど、通訳技能持ちの僕から話を切り出した方がいい。そう考えて、僕は口を開く。

「それで……彼女が言う、魔大陸ってどういうところなんですか？」

「あー……今、俺たちがいるのが中央大陸で、その周囲に海を隔てていくつか陸地があるんです。魔大陸はそのひとつで、デミ・ヒューマンの楽園と呼ばれています」

「遥か昔、まだ中央大陸でデミ・ヒューマンの人権が微妙だった頃、ある竜人が造り上げた人間ではないものたちのための場所……そう母からは聞いておりますわ」

「船旅になるわね。ゼノ、アテはあるの？」

「そうですね……魔大陸の近海は今の時季荒れやすいですから、船を出してくれるところがあるかどうか……」

「あの、船ならありますよ」

僕の発言を受けて、リシェルさん以外の全員の視線がこちらに集まる。

今言ったように、船なら持っている。港町アルレシャにて、領主の女好きのキノコ……もとい、サマカーさんから譲り受けた船が。

名前はピスケス号。処分待ちしていたような型落ち商船だけど、五人を運ぶには十分すぎるくらいの大きさだ。

ブラッドボックスの中にずっとしまってあるものだけど、前回使ったときにどこか壊したりはしていないので、問題なく使えるだろう。

「船を持ってるって……ブラッドボックス、よね？　でも、船を動かす人はどうするのよ？」

「血の契約の技能で、ひとりで動かせます」

「……忘れかけてたけど、相変わらずとんでもない技能ばかり持ってるわね」

フェルノートさんから微妙に呆れの目を向けられる。

この視線も久しぶりで、なんだか胸の奥が少しくすぐったい。

懐かしさをひとまずは脇に置いて、ゼノくんに声をかけた。

「船はあります。ゼノくんさえよければ、出しますよ」

「……いいんですか？」

「恩を返すだけですから」

「それじゃあ、お願いします」

「はい、頼まれました」

元々そのために彼を探していたのだ。今僕が持っているもので、ゼノくんのお手伝いになるなら遠慮なく使うとしよう。道具は使ってこそなのだから。

海は荒れるらしいけど、眠っていれば船酔いすることはないだろう。

ゆらゆらと波に揺れながら、お昼寝をするというのも悪くない。

「あの……船、とは……？」

おずおず、という感じでこちらに話しかけてきたのはリシェルさんだ。

彼女には僕以外の言葉が理解できない。つまり情報が断片的なので、今どんな話になっているのかが分からないのだろう。

「あなたを家に送り届けるために、海を渡る必要があるので船を使おうかと」

「……それは、申し訳ありません。本当に感謝いたします。救われた件も含めて、このお礼は必ずさせていただきます」

「お礼ならゼノくん……そこの男の人に言ってください。僕はその人に恩があって、それを返したいだけです」

「……それでも、船を用意してくださるのはアルジェ様ですよね？　結果としてわたくしの助けとなるならば、わたくしがそのことに感謝するのは道理のはずです」

「……はあ、ではご自由に」

どうやら押しが強いというか、思い立ったら止められない人らしい。

否定し続けるのも話が進まなくて面倒なので、好きにさせておくことにする。

「ところで、どうしてあんなふうに捕まっていたんですか？」

「……領地に侵入者が出まして。それを撃退しようとしたのですけど……人質を取られてしまって……」

「ああ、なるほど」

「隙をついて人質を逃がしてあげることはできたのですが……そのあと、厳重に縛られてしまって、どうしようもなくなっていたのです」

そうして彼女は侵入者に捕まり、奴隷として売られるところをゼノくんとフェルノートさんに助けられたということか。

ゼノくんの反応を見るに、ダークエルフは珍しい種族のようなので、高く売れるのだろう。

そういうことが『正しくはないけれど、どこかでまかり通る世界』だということは、これまでの旅路で十分に理解している。

フェルノートさんの口からは奴隷という言葉が自然と出ていたし、クズハちゃんの母親が殺された件もある。

僕がいた世界だって綺麗とはとても呼べなかったけれど、この世界は僕の世界より少しだけ、そういうものが表面に多く出ているようだ。

「それじゃ、目的地は魔大陸ですね。クズハちゃんは……」

「もちろん、ついていきますわよ。友達ですもの！」

「分かりました。よろしくお願いしますね」

友達だからついてくる、という理屈は未だに分からない。でもクズハちゃんは楽しそうで、納得している様子だ。彼女にとっては、それでいいのだろう。

止める理由はない。クズハちゃんは分身ができるし、いろいろと世話を焼いてくれるので助かっている。

　小さなことでも、積もればそれは恩だ。そのうちになにか返せるといいとも思うので、ついてきてくれるのは歓迎したい。

「サクラノミヤに戻って準備をします。……特に食料関係は、綿密に」

「そうですね。それがいいと思います」

「あと、アルジェさん。リシェルさん……でしたよね。彼女に魔大陸の特産品や、彼女のいる地域で足りてないものなどを聞いておいてもらえますか？」

「分かりました」

　商売人らしく頭を巡らせ始めながらも出立の用意をはじめるゼノくんに、僕は頷いて応えた。

　魔大陸、か。どんなところなんだろうか。お昼寝がしやすいところだと、嬉しいのだけど。

100　桜の匂いを置いて

「では、サツキさん。お世話になりました」

「お世話だなんて。賑やかでよかったですよ。また共和国に来たときは、ぜひぜひお店に来てくださいね」

そう言って、サツキさんはにっこりと笑って優雅に手を振ってくれる。

サクラノミヤに戻って数日をかけて旅支度をして、今日が出立の日だ。

旅支度と言っても、僕はほとんどサツキさんのお店で過ごしていて、ゼノくんに任せっきりだったのだけど。どうやら魔大陸での商売を見据えた仕入れで、数日を費やしたらしい。

「アイリス先輩も来られればよかったんですけどねぇ」

「いやいやフミちゃん、アイリスちゃんを連れてきてはいるんですよ？　時間的に出てこられないだけで」

「アイリスさんには、昨日ちゃんと挨拶しておきましたから」

時刻は朝。傘を差して直射日光を避けるという条件付きで外に出られる吸血鬼であるサツキさんや、完全に日光に耐性がある僕と違い、アイリスさんは出てこれない。

いつも通りに棺桶に入って、サツキさんに背負われた状態だ。

「わふー……寂しくなるんだよ！」

「クロさん。また戻ってきたときは、必ず寄らせていただきますわ」

「わふっ！　クロ、いい子で待ってるんだよ！」

クロさんとクズハちゃんは、手を取り合って別れを惜しんでいる。

同じ獣人同士で感じるものがあったのか、滞在の間に随分と仲良くなったらしい。

「サッキさんもありがとうございましたわ！　教わった技術、きちんと活かさせていただきますの！」

「ふふふ……楽しんでくださいね」

「……なにかあったんですか、クズハちゃん」

「ええ。サツキさんに、服づくりに関して少々ご師事を頂きましたの。和服の補修ももちろん致しますけれど、新しい服も楽しみにしてくださいですの！」

そういえば、メイの従業員さんの服はほとんどがサツキさんの手作りなんだっけ。

クロさんと仲良くなったことも含めて、クズハちゃんは得るものが多かったようだ。

……どんな服を作ってくるんでしょうか。

あまり可愛い服を渡されると困ってしまう。

前はあまりそういったことが気にならなかったのだけど、最近は少し、可愛い服を着るのが落ち着かない。どうしてだろうか。

今着ているメイド服は昔から家で見ていたものだし、スカート丈も長いためかそんなに落ち着かない感じはしないのだけど……。

「アルジェちゃん？」

「あ……なんでしょう、サツキさん」

「ふふ。これをどうぞ」

考え事をしていたところに、不意打ちのように紙箱が渡される。

一体どこから出したのだろうと思うけど、たぶんまた胸芸なのだろう。実際はブラッドボックスから取り出しているらしくて、胸から引っ張りだす動作はただのポーズらしいけど。

「うちのケーキです。今日のおやつに、皆さんでどうぞ」

「ありがとうございます」

今日までの滞在で、サツキさんのケーキの美味しさは十分に知っている。

自然と頬がほころんで受け取っているくらいには、嬉しい餞別《せんべつ》だった。

「魔大陸行き、でしたっけ。あそこは私も知り合いが多くて時々足を運ぶんですが、結構物騒なので、気をつけてくださいね」

「その前に、シリル大金庫というところに寄ると聞いています」

シリル大金庫。なんでもゼノくんがそちらに用事があるらしいので、そこを通るルートで海を目指す予定になっている。

シリルというのはこの世界の通貨の名前だ。大金庫と言うくらいなので、銀行だろうか。

詳細は聞いていないというか興味がない。移動は馬車なので、道中はお昼寝ができる。僕にとってはそれで十分だ。

「そうですか。ではでは、良い旅を」

「はい、サツキさん。皆さん、お世話になりました。行ってきます」

ぺこりと頭を下げて、サツキさんたちに背を向ける。背後から重なるように「いってらっしゃい」の声が届いて、そこに追いつくようにしてクズハちゃんが並んできた。

やってきたクズハちゃんは狐の耳をぴこぴこと揺らして、なんだか上機嫌だ。

さっきまで別れを惜しんでいたはずなのに不思議だな、なんて思っているとクズハちゃんは笑みのままで、

「ふふ、成長しましたわね、アルジェさん」

「え？　なにがですか？」

「だってアルジェさん、私のときは黙っていなくなったじゃありませんの。聞けばフェルノートさんのときも。それが今回はきちんと挨拶していくので、成長したと思ったのですわ」

言われてから、そのことに気付いた。

さようならでもなく、なにも告げないでもなく、行ってきますと言ってから別れた。

再開の言葉を使っての別れ。それはこの世界に来て、はじめてのことだった。

「……サツキさんのところのケーキは、美味しいですからね」

どこか自分でも言い訳めいていると感じるような言葉が漏れる。

クズハちゃんはくすりと笑うとそれ以上なにも言わずに、紙箱を持っていない方の手を握ってきた。

「さ、行きましょうアルジェさん！　もうお三方も、ネグセオーさんも待っていますわよ！」

「……ええ、分かりました」

握られた手を解《ほど》く理由はない。クズハちゃんに手を引かれるようにして、歩いて行く。

道の向こうを見てみれば大きな馬車があり、フェルノートさんがその側で手を振っていた。

ゼノくんはまだ馬車に荷物を積み込んでいる。リシェルさんはネグセオーのブラッシングをしているようだ。

なにか声をかけようか。そう思ったところで、視界に桜の花びらが飛び込んできた。

両手が塞がっているので捕まえるようなことはしないでいると、桜色は僕の鼻の上にちょこんと乗り、すぐに風にさらわれていく。

約束の残滓《ざんし》のような、桜の香り。

手を振るようにひらひらと舞っていく桜を、僕は見送った。

いつかまたこの香りを感じられるときが来ると良い。そんなことを考えて、前を向く。

もう、出発は目の前だ。

書き下ろし1　吸血鬼さんは働きたくない

「……くぁぁ」

大きく口を開けて、思う存分にあくびをする。

今、僕がいるのはサツキさんのお店である、喫茶店メイ。その奥にある居住スペースだ。

滞在の間はこの部屋を自由に使っていいと言われているので、遠慮なく寝泊まりに使っている。

「ん……」

起きたとはいえまだ眠気は強く残っていて、閉じそうになるまぶたをこしこしと指で擦り、なんとか意識を保つ。

お布団は柔らかくて、シーツはふかふか。こうして丸まっていると、気を抜いた瞬間には夢の世界に戻ってしまいそうだ。

銀色の髪が首に触るくすぐったさに首を振りつつ、言葉をこぼす。

「ふにゃ、ねむい……」

まだ寝てたい。具体的には二十時間くらい眠っていたい。

そうは思うけど、僕には起きなければいけない理由があった。それは――

「――朝ですのー!!」

この元気はつらつな声が理由だ。

盛大な音を立ててドアを開けた侵入者は、狐娘のクズハちゃん。縁があって一緒に旅をしている、僕の友達だ。

クズハちゃんはいつも通りに元気そうで、三叉の尻尾をふりふり、狐の耳をぴこぴこと揺り動かしてこちらにやってくる。

いつも朝はこうやってクズハちゃんに起こされるので、もう慣れてしまった。

なにせクズハちゃんはしつこい。僕が起きないと分身して、ステレオで起きろを連呼し始める。

あれは凄くうるさい。

もう一眠りするにしても、彼女に帰ってもらわないとできない。

「ん……クズハちゃん、今日はどうしました……?」

半分くらい夢うつつで要件を聞いてみると、狐娘は待ってましたとばかりにちいさな胸を張って、

「お手伝いですのよ!」

「お手伝い……?」

「ええ、サツキさんのお店を手伝うことになりましたの」

「そうですか。それはいいことですね。頑張ってください」

労働の汗を流すのはいいことだ。たくさん働いて疲れたあとのご飯はきっと美味しいし、お布団

はぬくぬくでさぞ気持ちのいい眠りが得られるだろう。

汗を流さなくてもご飯は美味しいし、寝るのはいつだって気持ちがいいから僕はやりたくないけど。はー、誰か養ってくれないかな。

「それじゃ、おやすみなさい」

「もう、なにを言ってるんですの。アルジェさんも手伝うんですのよ」

え、なにそれ知らない。

文句を言う暇もなく、シーツが剝《は》がされる。乱暴というよりは元気よく、ばさっと奪われた。

「ひゃうっ」

外の冷たい空気が身体を一気に冷やして、自然と身体が縮こまる。

不機嫌を隠さずに半眼で見上げても、クズハちゃんは全く気にした様子はない。それどころかむしろ、既にこちらのパジャマに手をかけにきていた。

「あの、クズハちゃん、自分で脱ぎますから」

「遠慮しなくていいんですのよ。というより、今から着るのは制服ですの。きちんと着ませんとダメなものですから、私が着せてあげますわ」

「やっ、ちょっと待っ……」

抵抗しようとしたけど無理に暴れて怪我をさせてもいけないし、なによりクズハちゃんはこういうときは強引だし素早い。あっという間に裸に剝《む》かれてしまう。

「あの、クズハちゃん……ちょっと恥ずかしいんです、けど……？」

「ふふ、だいじょうぶですのよ！　すぐに慣れますわ！」

「そういう意味じゃなくて、その……」

「……？　なにかありましたの？」

クズハちゃんは全然分かってない様子だ。持ってきたらしいメイの服を構えて、僕に近寄ってくる。

……確かに、前まではそうしてもらうこともありましたけど。

面倒くさかったから、クズハちゃんに服を着せてもらうことは何度かあった。

けれど、最近はそれが少し恥ずかしい。

他人に裸を見られたり、肌に触れられることが、少しむずむずするのだ。

……エルシィさんに、ああいうことをされてからですね。

こうして思い返しても頬が熱くなるくらいに、理由は明白だった。

そんなこちらを不思議そうに眺めてくるクズハちゃんに、軽く手を振って言葉を作る。

「……自分で着替えますから、その、最後に確認だけしてください」

「よく分かりませんけど、分かりましたわ！」

「ええ、ありがとうございます。それじゃあ、一度出て行ってもらえますか？」

「承知しましたわ。着替えましたら確認いたしますわね」

上機嫌に狐色の耳を揺らして、クズハちゃんが部屋から出て行ってくれる。

残された僕は、落ち着いた色合いではあるものの、ふりふりはしっかりと付いた衣装を前にして溜め息をついた。

「……これ、着なきゃダメなんですか？」

書き下ろし2　喫茶店は戦場

ステップを踏むたびに、フリルが舞う。

足にすうすうと風を感じるのが恥ずかしいけれど、今は構ってはいられない。逆にその忙しさのお陰で、あまり羞恥を意識しなくてすむ。

不要な音を立て過ぎることは、このお店が作る静かな空気を乱《みだ》してしまうことだ。だから最小の音で、持ったものは落とさず、速度を上げる。

「おまたせしました、ミルクティーとチーズケーキになります」

そしてお客様の前では、完璧な笑顔とすらすらとした口調で。

こちらの言葉に対してお礼の言葉を述べてくる丁寧なお客様に、笑みを深めてお辞儀をすることで応対として、軽やかに、しかしうるさくせずに離れた。

……繁盛してますね。

流れを止める隙《すき》がない。

注文を求める声や視線、運ぶべきものやお会計、次のお客さんを通すための片付けや、案内。常にやるべきことがどこかにあり、動きを止めることができない。

そのお陰で、僕たちは舞踏でも踊るかのようにフロアの端から端までを行き来していた。クズハちゃんに至っては己の分身、通称ブシハちゃんを二体とも使っている。

お昼は過ぎたというのに、忙しさは落ち着く気配がない。お店の雰囲気とは逆に、仕事量はまるで戦場のような状態だった。

「申し訳ありません。今はお席がいっぱいで、少々お待ちを……あ、いえそこはご予約の席なんですの。ええ、申し訳ありません、大変ご迷惑をお掛けいたしますわ」

「これとこれは六番テーブルですの、分身《わたし》」

「承知しましたわ、本体《わたし》。では、あちらのお客様のお会計をお願いしますわね」

クズハちゃんは丁寧な接客と、自分の分身たちだからこそできる見事な連携で次々に仕事をこなしていく。

目一杯の笑顔を振りまきながら動き回る三匹の狐。それでも手が足りなくて、僕も忙《せわ》しなく動き回っていた。ああもう、めんどくさいなぁ。

「いやー、予想以上にできますね、アルジェちゃん」

知った声で言葉をかけられて、ふと、流れを止めてしまった。

振り返ってみれば、自然な様子で声の主がテーブルについている。

にっこりと満面の笑みでひらひらと手を振るのは、このお店の主その人だった。

「……サツキさん。店長がなんでお客さんみたいな顔してるんですか」

「休憩ですよ、きゅーけー」

さぞ疲れたという感じでサツキさんは大きな胸をテーブルにどかっと乗せる。たわわだ。

ものすごく残念というか、ちょっとどうかと思う光景だけど、いつものことなのか周りの人は誰ひとりとして突っ込まない。それどころかサツキさんの存在に気付いた人は、みんな彼女に話しかけている。

「お、サツキちゃん今日もデカいね！」

「いやぁ、なんなんでしょうかね、この膨れまんじゅうは。頼んでもないのにぶくぶくと」

「サツキさん、どうやったらそんなに大きくなるんですか？」

「私もよく分かりませんけど、たぶん永遠に十七歳でいることですかね！」

「サツキちゃんおっぱい揉《も》んでいい？」

「あははは。いいですけど、たぶん後でうちの子たちからリンチ受けますよ？」

誰も彼もが親しげで、サツキさんも周囲に笑顔で応える。

静かな雰囲気だと思っていたお店がサツキさんを中心に賑やかになり、そしてそれが不愉快ではない。

……不思議なひと、ですね。

サツキさんはどんな雰囲気の場所にもするりと溶け込んでしまう。

ここはサツキさんのお店なので彼女の領域だけど、このテンションが外でも通用するからこの人はすごい。

「さあさ、アルジェちゃん。こっちに来てください。店長権限で休憩ってことで」

「……そういうことなら」

正直なところ働くのは面倒くさいので、休んでいいというなら歓迎だ。

手招きに対して素直に従って近くに寄ってみると、サツキさんは遠慮無く、上から下まで僕を眺めた。

そうしてどこか熱に浮かされたように溜め息をついて、一言。

「……いい」

「ええと……なにがですか？」

「分かりませんか？　ならばお姉さんが説明しましょう！」

どういうわけか張り切って、サツキさんは拳を振り上げて宣言する。

周囲の人は、そんなサツキさんを微妙に生暖かい目で見ていた。クズハちゃんと分身も足を止めて、尻尾を揺らしながらこちらに視線を送ってくる。

「いいですか、アルジェちゃん。可愛い子には、可愛い服を着せるべきなんですよ」

「はあ……そうですか」

「そうですとも。そしてアルジェちゃん、あなたは間違いなく可愛いです」

「ええと……ありがとうございます」

確かに僕自身、自分の姿を見てとんでもなく美少女だと思う。

自惚《うぬぼ》れとか自慢とかそういうものではなく、事実としてそう思う。

今の僕は、転生前とは比べものにならないほど美しい。どこからどう見ても、絶世の銀髪美少女だ。

「可愛い子には服を着させろ、というのが私の信条です。お店の制服はもとより、お店の子たちの私服に至るまで、全て私がこの手で作っています。今アルジェちゃんとクズハちゃんが着ている服も、私が作ったんですよ。あなたたちの身体に、ちゃーんと合わせてね！」

「……道理で、ぴったりだと思いました」

「ふふ、温泉でしっかりと身体のサイズは確かめましたからね……」

見ただけで判別して服を作ったのか。凄いとは思うけど、同時にちょっと引いてしまう。

僕に合わせて作ったとされる服は、フリルがあちこちにあしらわれた、ちょっとしたドレスのような制服だ。落ち着いた色合いは店内のシックな雰囲気に溶け込んでいる。

「いいですか、アルジェちゃん！」

「は、はい」

びしっ。そんな効果音が聞こえそうなくらい、サツキさんは真剣に、そして力強くこちらを指差してくる。

思わず気圧《けお》されると、彼女は力強い声で、

「可愛いは正義なんです！　アルジェちゃんがその制服を着て、フロアを優雅に動き回る姿は癒やしなんです！　お客さんたちはあなたが微笑んでお茶やお菓子を持ってきてくれるたび、胸をきゅんきゅんさせるんです！　なぜならばそれはアルジェちゃんが可愛いから！　ああもう可愛い！銀髪ロリっ子可愛い!!　天使ですか！　いえ吸血鬼でしたね!!」

「さ、サツキさん、ちょっと……？」

「はぁ、今日だけと言わずずっと働いてくれればいいのに！　私はね、アルジェちゃん、あなたがその女の子らしいほのかな膨らみを、花園を秘匿するかのように制服に包んでいるのが、たまらなく愛おしい！　スカートが舞うたびに、アルジェちゃんの小ぶりなお尻の揺れを、ちらちら覗《のぞ》く足を眺めずにいられません！」

「っ、やっ……！」

真正面からはっきりと言われ、一気に頬が熱を持った。

なるべく意識から外していた感情が、羞恥心が、顔を出してしまう。

自分がしている格好を、そして自分の身体を眺められている。それを意識した瞬間、ここから逃げ出したくなるくらいに恥ずかしくなった。

サツキさんの遠慮のない視線が全身を撫でるように注がれる。僕は視線から逃れるようにして、身をよじる。

「あ、あんまり、見ないでください……」

「……きゅーんっ」

「え……？」

「あ、アルジェちゃん……い、いつの間にそんな、恥《ひっさつわざ》じらいを……ふ、ふふ……やりますね……！」

サツキさんはどういうわけか、鼻の下あたりを押さえてよく分からないことを言った。

彼女だけでなく、周りのお客さんまで、顔を背《そむ》けたり、肩を震わせたりしている。そしてみんな一様に、何故かこちらに向けて親指を立てていた。クズハちゃんとブシハちゃんまで。

「ふふっ、さすがうちのお客さんは紳士淑女でいらっしゃる……」

「……意味が分かりません」

「いいんですよ、アルジェちゃんは気にしなくて……おっと。そろそろですかね」

「なにが、ですか？」

「予約のお客様がいらっしゃるんですよ。アルジェちゃん、その人のオーダーを片付けたら、もう上がっていいですよ。フミちゃんももう少しで、買い出しから戻るでしょうし」

「予約……？」

フロアにある大きな時計に視線を投げて、サツキさんはただ微笑む。

疑問に首を傾《かし》げていると、来客を告げるドアベルが鳴った。

「あ、あの人ですよ、アルジェちゃん。失礼のないように、よろしくお願いしますね」

「え……？」

促されて振り返った先。

生真面目に、静かにドアを閉じる女性の姿があった。

見覚えのあるサイドテールに、二色の瞳を持ったお客さんだった。

書き下ろし3　元騎士の来店

「いらっしゃいませ、メイへようこそ」

にっこりと微笑む、銀髪の美少女。

私の恩人であり、元同居人でもある吸血鬼、アルジェント・ヴァンピールがそこにいる。

彼女がこのお店にいることは知っていた。出立の準備が整うまで厄介になっていると、聞いていたからだ。

どうせアルジェのことだからぐうたらしているに決まっている。そう考えた私は今日、このお店に足を運ぶことにした。

一度、ふたりでゆっくりと話したい。だからお店に行って、従業員さんに頼んであの子を連れて来てもらおうと思っていたのだ。

……元々、気になってはいたのよね。

喫茶店メイといえば、遠方からも足しげく通う客がいるほどの有名店。共和国のことをまとめた旅行雑誌には、必ず名前が記されているほど。

実は共和国に滞在することがあれば、一度は訪れてみたかったお店でもある。

そうして密かな期待もしつつ来店して、驚いた。

……アルジェ、可愛い！

って、そうじゃなくて。いやそうでもあるけど。

可愛らしいけれど存在を主張しすぎない、喫茶店の制服に身を包んだアルジェが、目の前にいる。

私は彼女を指差して、疑問を口にした。

「アルジェ……もしかして、働いてるの……!?」

「……お手伝いをしているだけです」

驚愕《きょうがく》する私に、それまでの『営業用《えがお》』を崩して、いつも通りの無表情になったアルジェが答える。

けれど、それも一瞬。再びお客へと向けるべき表情になって、アルジェは私を促した。

「お席にご案内しますね」

制服のフリルと銀髪を揺らして、笑顔のアルジェが案内してくれる。ちょっとどころかかなり新鮮さを感じる光景だ。

案内されたのは、日の光がふんだんに差し込む窓際。

椅子に座ってみれば、店内に満ちるお茶や珈琲《コーヒー》、木の香りがより深く鼻をくすぐった。

……いいお店ね。

座った瞬間から、身体の力が自然と抜ける。時間がゆったりと流れているように感じられる、優しい空間だった。

「ご注文はお決まりでしょうか？」

「レアチーズケーキ。それと、冷たい紅茶を」

メニューを見ることなく注文したレアチーズケーキは、雑誌でこのお店を目にするとき、必ずと言っていいほどオススメとして書かれているもの。

いつも以上にかしこまった態度を取るアルジェに少しおかしさを感じながらも、私は注文を伝えた。

「レアチーズケーキに紅茶ですね。すぐにお持ちします」

静かに一礼をして、アルジェが店の奥へと消えていく。

「話をしたかったのだけど、これはちょっと無理かしら……？」

久しぶりにゆっくり会話するという目的が果たせないのは残念だけど、私は嬉しさも感じていた。まさか、あのアルジェが働いているだなんて。

もしかすると、私といない間に少しでも心境が変化したのかもしれない。

……友達と呼べる子も、できたみたいだし。

こちらにちらちらと視線を送ってきながらも、丁寧に仕事をしている獣人の少女を見る。

見たところまだ年若いのに、狐系が得意とする多重分身を難なく扱っている。あれは将来有望だろう。どうしてそんなに私の方を見てくるのかは、ちょっと分からないのだけれど。

首を傾《かし》げていると、アルジェが戻ってきた。

「お待たせしました」

注文通りのものを持ってきたアルジェは、音を立てることなくそれらをテーブルに並べる。

お手伝いとは思えないくらい、その動作は完璧だった。

「……はぁ、終わりました」

「え？」

「いえ、これで上がっていいと言われてるので……やっと終わりです」

「あ、そうだったの。ええと、座る？」

「そうですね……そうします」

タイミングがよく、アルジェの仕事が終わったらしい。

貼り付けていた笑顔をいつも通りの眠たげなものにして、アルジェは対面の椅子に腰掛ける。

先ほどまでの彼女も新鮮味はあったけれど、やはりこれがいつものアルジェだ。

「予約の人って、フェルノートさんだったんですね」

「え？　私、予約なんてしてないわよ？」

「え？」

お互いに疑問を浮かべて、顔を見合わせる。

アルジェが視線を彷徨《さまよ》わせた方を見れば、遠くの席に和服の美人が座っていて、こちらに緩く手を振っていた。

……あの人、少し前にすれ違ったわね。

喫茶店に行く前、市場の方で旅支度をしているときに見た顔だ。

話はしておらず、本当にただすれ違っただけの間柄だけど、胸元を大きく開けた独特の姿が目を引くので、覚えていた。

「アルジェ、あの人は？」

「店長のサツキさんです」

「……私が来るなんて、よく分かったわね」

「フェルノートさんのことは話してあったんですけどね……ちょっと、底が知れない人です」

つまり彼女は、すれ違っただけの間柄である私が誰でどこに行くか、予想した。そして先回りして、いい席を取っておいてくれたということか。

……確かに私の瞳は目立つでしょうけど、よく分かったわね。

一流の商売人は顔を見ただけで客が求めるものが分かるというけれど……ここまで来るともう、感心というよりは呆れを感じる。少し納得がいかないけれど、自分の望み通りの展開だから良しとしましょう。

諦めるための溜め息を吐いて、ケーキに取り掛かる。

「……！」

むぐ、と喉の奥から唸《うな》るほどの味に巡り合った。

クッキーを砕いて作られた土台のざらついた舌触りは一瞬でほどけて、上に盛られた生地と混ざり合う。

甘さとなめらかさ、ほんのりと鼻をくすぐる柑橘の爽やかな香り。それらが組み合わさって、優しい味になっている。

「これは……凄いわね」

「ちょっと変な人ですけど、お菓子作りの腕は確かですよ」

素直に認める私に、アルジェも頷《うなず》いた。噂通りの名店のようだ。

皿の上から減っていくことに勿体《もったい》なさすら覚えながら、私はお茶の時間を堪能した。

「それにしても、アルジェがお手伝いだなんて驚いたわ」

「クズハちゃんに無理矢理やらされていただけですよ」

そう言って、アルジェは机に突っ伏してしまう。

その姿からは、やっと解放されたという気持ちがありありと見て取れる。相当働きたくなかったらしい。こういうところは相変わらずみたいね。

「無理矢理のわりには、しっかり働いてたじゃない」

「一度始めたことですから。手を抜くと、クズハちゃんの負担になりますし」

「……アルジェ、友達想いなのね」

「そうですか？　よく分かりませんけど」

起き上がって小首を傾げるアルジェは、どうやら本気で分かってない様子だ。無意識なのかもしれない。

……結構、真面目なところもあるものね。

生きる目的が「誰かに養ってほしい」なんて世の中をバカにしてるとしか思えない子だけど、意外と律儀なところも多い。矛盾しているようだけど、本当にそういう子だから困る。

「まあ、もう二度とやりたくないです。疲れたので」

「そう？　勿体ないわね」

「……？　なにがですか？」

「だって、向いてると思うわよ？　仕事は完璧みたいだし、制服だって似合ってるもの」

「っ！」

ぼっ。

そんな効果音が聞こえるんじゃないかというほど、アルジェの頬が一瞬で染まった。

「……え？」

なに、今の反応。

吸血鬼特有の色素が薄い頬を真っ赤に染めて、アルジェは俯《うつむ》いてしまった。

自分の身体を抱くようにして、なにかに耐えているような、或《ある》いは視線から逃れようとしているような態度だ。

もしかして、恥ずかしがってる……？

「アルジェ？　どうしたの？」

「……なんでも、ないです」

なんでもある。これはなんでもある。

顔を近づけてみれば、銀髪の隙間から覗《のぞ》くのは、潤んだ紅の瞳。ふい、と恥ずかしそうに目を逸らされる。

……なにこれ、可愛い。

今までのアルジェとは違う、女の子らしくもじもじと恥じらう姿。

しばらく会っていないうちに、こんなに可愛くなってるなんて思わなかった。今すぐ宿に持って帰りたい。この制服のままで、今すぐ。

「アルジェ、あの――」

「――紅茶をお持ちしましたわ！」

声をかけようとした瞬間に、思いっきり紅茶がテーブルに置かれた。

書き下ろし４　狐娘ＶＳ・元騎士

「……おかわりは頼んでないわよ？」

「ええ。アルジェさんに、私の、奢りですもの」

満点の営業スマイルで、クズハちゃんはフェルノートさんに応じる。

……どうかしたんでしょうか？

確かに今、クズハちゃんは店員さんでフェルノートさんはお客さんだから、笑顔で対応するのは正しい。

けれど今の彼女からは、なにか刺々《とげとげ》しいものを感じる。

忙しいから気が立っているのだろうかとも思ったけど、たぶん違う。クズハちゃんはそれくらいで機嫌を損ねたりはしないはずだ。なんで怒ってるんだろう。

「……ありがとうございます、クズハちゃん。ちょうど喉が渇いてました」

クズハちゃんの様子は少し気になったけれど、とりあえずは紅茶を頂くことにした。

爽やかな甘みと、嗅覚を撫でていく果実にも似た香り。一口飲むだけで落ち着ける、いいお茶だった。

獣人の証である耳と尻尾の毛を逆立てて、クズハちゃんはフェルノートさんを見据える。

まるで挑むかのような強い視線。フェルノートさんの方もそれに気付いているようで、

「……なにかしら？」

「……私は、アルジェさんの友達ですの」

よく分からない宣言だった。

レンシアでふたりのことは説明したし、本人たちも挨拶したはずなので、今更という感じの言葉だ。

言われた方、フェルノートさんは色違いの目を少しぱちくりさせて、それから微笑む。

「ええ、アルジェと仲良くしてくれてたのよね。嬉しいわ。この子ったら、そういうのに疎《うと》いんだもの」

「むっ……！」

「これからも仲良くしてあげてね、お友達として」

「もちろん仲良くしてますわよ。一緒にお風呂に入ったり、ご飯を食べさせあいっこしたりしてますもの」

「なにそれうらやまっ……じゃなくて!?　ちょっとアルジェ、なにしてるの!?」

「え？」

なにか話してると思ったら、急にこっちに振られた。

確かにクズハちゃんがせがむので、そういうことをしたことはある。

僕は友達というものがどういうものなのかを知らない。だからクズハちゃんの言う通りに、友達らしいのだと言われることをしている。

隠すようなことでもないので、素直にそれを伝えることにした。

「友達って、そういうことをするものだと聞きましたから」

「嘘教えられてるわよ……!?」

「嘘じゃありませんわよ！　だって私たち、仲良しですもの！　ね、アルジェさん！」

「えーと、そうですね。たぶん」

「ええ、そうですの！」

嬉しそうに狐の耳をぴこぴこと揺らして、クズハちゃんはこっちに寄り添って来た。

分身を作ったことで一本になった尻尾が膝の上に乗せられる。ふかふかだ。枕に良さそう。

「ぐ、ぐぬぬ……」

そして今度は、なぜかフェルノートさんが機嫌を損ねた。

ふたりともこんなに怒りっぽかったっけ。そもそも、なにに怒っているのかが不明だ。

フェルノートさんはオッドアイとボインをわなわなと揺らして、クズハちゃんを指差す。紡がれる言葉は震えていて、

「あなたたち、まさか今までずっとそんなことを……!?」

「ふふん、もちろんですの。アルジェさんが寝てる間に、膝枕だってしてあげたことがありますわ！」

「くっ、それくらいなら私だって何回もあるわよ！」

寝てる間に人の頭になにしてるんだろう、この人たち。

ツッコミを入れようかと思ったけど、ふたりともなんだかヒートアップしてきたようで、こっちのことが眼中にない様子だ。

なんかもう面倒くさいから、クズハちゃんの尻尾でももふもふしてようかな。

「だいたい、アルジェさんといた期間は私の方が長いはずですの！　旅もしましたし、温泉宿でゆっくりもしたんですのよ!?」

「なによ、こっちは毎日ひとつ屋根の下よ!?」

「私だって屋根がないだけで、おはようからおやすみまで一緒でしたわ！」

「もふもふ……」

「くっ……私はアルジェの手料理を食べたことだってあるわ！」

「くううっ……わ、私だって！　アルジェさんとふたりでネグセオーさんに乗ったりできますの！」

「んー……ふかふか……♪」

「ぐぬぬ……じゃあアルジェの好きな食べ物と苦手な食べ物、言ってみなさいよ！」

「食べ物の好き嫌いは特にありませんが、臭いがキツいものは苦手としていますわ！　あなたの方こそ、アルジェさんが唐揚げになにをかけるかくらいは知っているんでしょうね!?」

「当たり前でしょ！　塩よ！」

「むむ……やりますわね……」

「あなたの方こそ……」

「……ぐぅ……」

「アルジェ！　起きなさい!!」

「アルジェさん！　寝ないでくださいですの!!」

「ふみゅっ!?」

いけない。ふたりとも凄くどうでもいい話をしている上に、クズハちゃんの尻尾ひざ掛けがあまりにもふかふかだったので、眠ってしまっていた。

ふたりの大声と、尻尾で顔面をぽふんと叩かれたことで、落ちかけていた意識が戻る。

目を開けてみればテーブルの向こうのフェルノートさんも、隣のクズハちゃんも、なんだか不満げな目を僕に向けていた。

「ええと……仲良しですね？」

「「どこが!?」」

ほら、そういうところ。

よく分からないけれど、息が合っているようでなによりだ。

「それじゃ、仲の良いふたりの邪魔をしてはいけないので、僕はこれで」

「へ？　ちょ、ちょっとアルジェ!?」

「アルジェさん!?」

「もうお仕事は終わってますから、部屋で寝てきますね」

今日は朝の二度寝ができなかったから、とても眠い。晩御飯までお昼寝するとしよう。

ふたりがなにか騒いでいるけれど、たぶんまた仲良く話をしているだけなので放っておくことにした。

すっかり仲良くなったようで、よかったよかった。

書き下ろし5　騒がしいけれど、あたたかい場所

「ふわぁ～……あふ」

誰にはばかるでもなく大口を開けて、思いっきりあくびをした。

メイの居住区は日の光に弱いアイリスさんに配慮して、ほとんど日が届かない造りになっている。だからこの部屋に窓はない。

それでも吸血鬼としての感覚が、今が夜だと囁《ささや》いている。やはり、夜の方が寝覚めがよく、体調がいい。

眠気の残る頭を振れば、銀色の髪が尻尾のようにベッドシーツを滑った。

「おおっと、アルジェちゃん。起きましたか？」

「……サツキさん？」

「はい、誰もがうらやむ永遠の十七歳！　吸血パティシエ、サツキちゃんでーす♪」

寝起きで相手をするにはちょっとキツめのテンションのサツキさんが、満面の笑みで椅子に腰掛けていた。

カラスの濡れ羽色のような、艶《つや》やかな黒髪。吸い込まれそうだと、そんなことを思う。

さらりと髪束を揺らして、サツキさんは立ち上がった。大きな胸が、その動きに合わせて揺れる。

「ご飯の時間なので起こしに来たのですが……眠っているので、どうしようか迷っていました」

「そういうときは起こしてくれても構いませんし、放っておいてくれても構いませんよ」

美味しいご飯のために起こされるなら構わないし、放っておかれてもよく眠れるのでありがたい。眠っているのは僕の都合だ。サツキさんたちがそれに付き合って、食事の時間をずらすなんてことはしなくていいと思う。

「……アルジェちゃんは優しいですけど、ちょっと自分のことを投げ捨てすぎかもしれませんねぇ」

「そうですか？　我儘《わがまま》に生きているつもりなんですが」

「ふふ。では、その我儘はとても可愛いものです」

よく分からないことを言って、サツキさんは笑う。

どこか見透かすような、けれど不愉快にはならない視線。

普段は永遠の十七歳なんて言ってふざけているけど、時々こんなふうに、サツキさんは真面目になる。本当は何歳なんだろう。

「あ、そうそうアルジェちゃん。今日はお店のお手伝い、ありがとうございます」

「いえ、数時間程度でしたし」

面倒くさくなかったと言えば嘘になるし、クズハちゃんに半ば無理やりやらされたのも本当だけど、お世話になっている自覚はある。

僕がいることで多少は役に立ったのなら、それでいい。

もちろん、毎日はやりたくないけれど。

「なんだかんだで人手不足ですからね。いっそうちに永久就職しません？」

「いえ、働きたくないのでお断りします」

「ふふふ、正直ですねぇ。気が変わったら言ってくださいね。可愛い子はいつでも歓迎しますから！」

ぐっと親指を立てて宣言されるけど、そんな気はたぶん何年経っても起きないだろう。

働きたくないのはもちろんだし、あんなふりふりの服を毎日着て人前に出るのも正直恥ずかしい。

メイド服ならまだ見慣れている分抵抗はないけど、あれはお客さんに「見てもらう」ための服だ。

「さて、それじゃあ行きましょうか。そろそろクロちゃん辺りが騒ぎはじめ――」

「――サツキちゃーん！　お腹すいたんだよー!!」

「……て、いるようですね」

ノックなしでドアを開けて、クロさんが部屋に飛び込んできた。

クロさんは相変わらず、クズハちゃん以上のハイテンションだ。狼の尻尾を千切れんばかりに振って、どたどたと足音を立てて部屋中を動きまわる。

「サツキちゃんお腹すいたんだよ！　クロもうお腹と背中がひっつきそう！　ご飯食べないと元気

でないんだよー！」

「どう見ても元気ですけど、言いたいことは分かりましたよ、クロちゃん」

元気よく跳ねるクロさんの頭を、サツキさんが撫でる。

嬉しそうに目を細めて、クロさんの動きがようやく止まった。

「犬のしつけ……」

「わふ？　なにか言った？」

「あ、いえ。なんでもありません」

いけない。考えてることが漏れた。

適当にごまかすと、クロさんはそれだけで納得したらしい。素直な人だ。

じゃれ合うふたりをぼうっと眺めていると、来客が増えた。

「お姉様ぁ？　クロ先輩がそっちにぃ……あ、いましたねぇ」

「あらあら、フミちゃんまで来たんですか？」

「はぁい。そろそろアーちゃんが不機嫌になる頃なので、呼びに来ましたぁ」

「おっと。それはいけませんね。酔ったアイリスちゃんを怒らせるとあとが大変です。アルジェちゃん、行きましょうか？」

「あ、はい。分かりました」

促されたので、素直にベッドから出る。アイリスさんは酒癖がいいとは言えないので、早く行った方が良さそうだ。

メイの制服を着たまま眠ってしまったので軽くシワを手で伸ばして、適当に身繕《みづくろ》いとする。あとでもう少し直しておこう。

「それじゃ――」

「――アルジェさん？　もう起きられましたの？」

「……クズハちゃんまで起こしに来てくれたんですか？」

「私だけじゃなくて、フェルノートさんもいますわよ」

「え？」

出てきた名前につい疑問符をこぼすと、扉の向こうから見覚えのある茶髪が現れた。

サイドテールを揺らして出てきたのは、クズハちゃんが呼んだ通りの人。

「お邪魔してるわよ、アルジェ」

「フェルノートさん……どうしてここに？」

「そこの店長さんにお呼ばれしたのよ」

ああ、なるほど。

たぶん僕が眠ったあとで、サツキさんが誘ったのだろう。相変わらず動くのが早い。

「まったく。相変わらずよく眠るわね、アルジェは」

「そうですのよ。アルジェさんったら、放っておくと朝から夜までずっと眠ってるんですの」

「分かるわ……起こしても起きやしないのよね」

「分身して三方向から起こせば起きますわよ？」

「それはクズハしかできないでしょうが」

「……なんだか、随分仲良くなりましたね」

お昼ごろに見たときより、ふたりとも仲が良さそうだ。

クズハちゃんもフェルノートさんも、お互いに対して警戒するような素振りが消えている。

疑問を呈すると、クズハちゃんが三叉の尻尾を楽しそうに揺らして、

「ええ、すっかり意気投合しましたのよ」

「それは良かったです」

理由は不明だけど、仲良くなるのはいいことだ。

サツキさんも、クロさんとフミツキさんに懐《なつ》かれて楽しそうにしている。

声が飛び交って、どこか空気があたたかい。騒がしいとも思うけど、悪い気分ではない。

「アイリスさんまでこっちに来る前に、食卓の方に行きませんか？」

そういう役回りではないと思いつつも脱線しはじめたみんなを促せば、それぞれが了解の言葉を返してくれる。

「それじゃあ、行きましょう。僕もお腹がすきましたから」

「ええ。今日は食後にチーズケーキも用意してますよ！」

「サツキさん、昨日も用意してませんでしたの？」

「ふふん、昨日はレア、今日はベイクドです！　サツキちゃんに死角はありません！」

「わふー！　クロにもある!?」

「もちろんです。仲間はずれは無しですよ。あ、もちろんお客さんの分も用意してあるのでご安心を」

「よ、用意がいいのね……」

「さすがお姉様、用意周到ですねぇ……」

楽しそうな声とともに、食卓に向かう。

こういう雰囲気に慣れていないからどこか落ち着かないけれど、嫌だとは感じない。

……いいところですね。

騒がしくて、あたたかくて、優しい場所。

出立する日が近づいていることを寂しいと思う程度には、僕もここが気に入っている。

銀髪を振って、ほんの少しだけ残っていた眠気を払う。

今日はほんの少しだけ、長く起きていようと思った。

あとがき

お久しぶりです。はじめましての方ははじめまして。ちょきんぎょ。でございます。

今回は一月刊なので、皆さんがこのあとがきを読むのは新年になりますね。あけましておめでとうございます。


さてさて、今回は三巻でしたね。

いつも通りあとがきから読む人のために、内容にあまり触れずに語ってみようと思います。

三巻くらいになるとなにか大きなことがあるといいなと思うので、一巻からチラチラ影だけ見えていたあの人が登場しました。

具体的には表紙の人ですね。金髪ツインテこじらせ百合吸血姫エルシィ様です。エルシィ様ばんざい。

また、一巻あたりで登場したキャラも合流したり、喫茶店でわちゃわちゃしたり、楽しい話になっているかなと思います。

今回のお話は、主人公が大きく心境の変化を得ます。

これから先、アルジェの心がどうなっていくのか。また、周囲のみんなの心や立ち位置がどうなるのか。楽しみにしてくださると嬉しいです。

書き下ろしもたくさんご用意しましたし、挿絵もいつも通り47AgDragon先生が素敵にしてくださっております。

新年から豪華な感じでお届けできてるといいなと思います。

では、さらに豪華に告知を。

この度、『転生吸血鬼さんはお昼寝がしたい』のコミカライズが決定いたしました。

これまで作品を支えて下さったすべての皆さま、ありがとうございます。これからもアルジェとその仲間たちを、どうかよろしくお願い致します。

コミカライズ担当の咲良先生もキャラクターたちをとても可愛らしく、素敵に描いてくださっていますので、ご期待いただければと思います。

私本人も楽しみです。というより、たぶん作者が一番テンション上がってます（笑）

では、今回も謝辞を。

エルシィ様大好きということで、今回かなり気合を入れてくださった47AgDragon先生。相変わらず公私ともに仲良くしてくださり、ありがとうございます。

今回も素敵な本になるために、あれやこれやと助けてくださった編集Ｉさん。いつも感謝が絶えません。ありがとうございます。

コミカライズ担当の咲良先生。うちの子たちを、また違った形で作品にしてくださるということで、とても嬉しく思います。ありがとうございます。

いつも支えてくれる家族。あなたたちのお陰でまたこうして一歩前に進むことができました。ありがとうございます。

そして、この本を手に取ってくださっている皆様。ありがとうございます。よければあなたのおうちの棚で、うちの子をお昼寝させて頂けると嬉しく思います。

それでは次回もまた会えますように。

冬の寒さを、お布団でしのぎながら　ちょきんぎょ。

KENZENな
拘束衣
イラストの指定は
アースさんなので
アースさんは
いい
レーベル
です!

EARTH STAR NOVEL

転生吸血鬼さんはお昼寝がしたい ③

発行 —— 2017年1月16日 初版第1刷発行

著者 —— ちょきんぎょ。

イラストレーター —— 47AgDragon

装丁デザイン —— 山上陽一（ARTEN）

発行者 —— 幕内和博

編集 —— 稲垣高広

発行所 —— 株式会社 アース・スター エンターテイメント
〒107-0052 東京都港区赤坂 2-14-5
Daiwa 赤坂ビル 5F
TEL：03-5561-7630
FAX：03-5561-7632
http://www.es-novel.jp/

発売所 —— 株式会社 泰文堂
〒108-0075 東京都港区港南 2-16-8
ストーリア品川 17F
TEL：03-6712-0333

印刷・製本 —— 図書印刷株式会社

ISBN 978-4-8030-0987-3